エイリアン超古代の牙

菊 地 秀 行

朝日文庫

本書は書き下ろしです。

目次

イラスト／中村龍徳

第一章　やくざと風俗嬢の関係

1

いつ来ても「歌舞伎町」の風俗店は世界一だ。アメリカやドイツやオランダやフランスみたいに、身体《ボディ》もおっぱいもでかいが、年齢もそれに合わせてるなんて、一歩間違えば養老院――じゃなく、遊んだら、絶対にパクられること必至という若いピチ・ギャルが揃《そろ》ってる。

今夜、高校がはねてから繰りこんだ「エンゼル・バスト」も、いーのが来た。女の子の良し悪しは、外でビラ配りしてる娘《の》を見ればわかる。

昔、ある作家が〝日本一若い〟のキャッチフレーズにつられて入店したら、その作家の知り合いとそっくりな面構えの娘が出て来て、二、三日眠れなかったというが、おれは、この手の店の選別に絶対の自信を持っていた。

勿論、高校生てのがその筋にバレると危《やば》いが、店の方は金払いさえ良けりゃ赤ん坊でもOK

という経営者ばかりだし、このおれは上背といい顔立ちといい、立派な青年実業家で通る。

ＡＭＥＸの黒《ブラック》カードでもちら見させてやりゃ、女の子は金切り声を上げ、ボーイは直立不動、黒服を超えて店長がボジョレー・ヌーヴォーを手に挨拶にやって来る。

で、おれは今夜も右隣りについたお姐ちゃんのミニスカートから洩《も》れた太腿を触りまくり、ドレスの胸も引っぱって立派なバストを覗いてと、好き放題をやらかしていたのだ。

そこへ、空いていた左隣りへ、

「今晩は」

とんでもないホステスが腰を下ろしやがった。いや、外谷《とや》じゃない。あれなら飛んで帰れる。

今回はそうはいかなかった。

断っておくが、そのスリムな肢体といい、上品な顔立ちといい、口紅《ルージュ》と香水《パフューム》の趣味の良さといい、おれは一発で気に入ってしまったのだ。

向うも、

「あら、素敵なお客様ね、実業家か何か？」

鈴の鳴るような声でおれを見つめた。

そこで、気がついた。

「おまえ――８Ｈ《ホーム》の丹下《たんげ》だろ」

「あなた――八頭くん⁉」

三年8HのクラスX委員にして、XX高校生活指導委員会副会長の丹下愛美《まなみ》は、呆然とおれを見つめた。

「おまえ——クラス委員のくせに、こんな店で——何やってんだ?」

「何って、見ればわかるじゃないの。あんたこそ、高校生のくせにこういうとこ来て——この変態」

「風俗行って変態呼ばわりされるなら、世界中の男は、小学生と赤ん坊除いてみいんな変態だ。しかし、おまえはクラス委員で、生活指導委員会の副会長だぞ。恥を知れ、恥を」

「あんたに言われたくないわよ」

愛美は言い返した。

「ここは、『歌舞伎町』で変態お気に入りナンバー1《ワン》なお店なのよ。学校よりずっと印象が大人びてるから気がつかなかったけど、スーツにネクタイ着けてりゃ、何処《どこ》行ってもいいってもんじゃないんですからね。あたしが、お恐《おそ》れながらと生活指導委員会に訴え出れば——」

そうか、こいつは時代もののファンだったのだ。

おれは溜息をついて、呆気に取られている右隣りのホステスへ一万円札を握らせ、

「ちょっと外してくれ」

と言った。その後ろ姿を見送り、

「あの娘は、あたしより二つ下——一年生よ。ここにいるのは、みんなそれくらいの年齢《とし》」

「完全に児童福祉法違反じゃねえか。そのうち、エリオット・ネスがトミー・ガンと斧《おの》片手に特注のフォードでドアから突っこんで来るぞ」

「なに『アンタッチャブル』やってんのよ。あれは密造酒工場が相手よ。こんなところに来るわけないでしょ。あんた、アナクロTVマニア？」

「そ、それがどうした？　――それより、ここはあれか？　うちの高校の女子のバイト先か？」

「都内と都下からで九割。あとはプロね」

そのうち摘発間違いなしだ。

「事情は知らねえが、こんなとこのバイトは、早いとこ切り上げた方が身のためだぞ。それともTVに映りたいのか？」

「海外旅行の費用稼いだら、すぐにやめるわよ。あと一週間かな。そしたら、ギボレ共和国行くんだ」

「何だ、それ？」

「知らないの？　遅れてるわねえ。いま世界で最も注目されてる観光地よ。スイスの風光明媚《ふうこうめいび》、アメリカとアフリカの広大さ、赤道直下の大海原と南極の雪と氷を兼ね備えてるのよ」

はじめて聞いたぜ。おれは言ってやった。

「そんなご大層なとこなら、とっくに何処かのマスコミが取り上げてるさ。いきなり現われるなんざ、詐欺師の遣《や》り口だ。気ぃつけろよ。空港に到着した途端、別室へ呼ばれて身体検査、ブラとパンティを残して、金ともパスポートともおさらばだ」

「ブラとパンティって何よ⁉　このど助平。大体あんたは昔から――」

「おお、昔からどうした？」

売り言葉に買い言葉で、おれは一発かましてやろうかと腕まくりした。

その途端――

愛美の顔からみるみる表情が失われ、眼鼻をつけた厚化粧の壁となった。

まさか、おれの脅しを察して、と思ったが、すぐに違うとわかった。

愛美は虚《うつ》ろな声で、何やら訳のわからない言葉をまくし立てはじめたのだ。

正直、人間の言葉とは言えなかった。強いて言えば、Bの連続音だが、これも正しいとは言えない。

ただ、あまりにリアルな発声ぶりに、近くの席ばかりか、店中のスタッフも客もこちらをふり返った。

おれは愛美の口を押さえた。さして慌ててはいなかった。突然、何かに憑《つ》かれた――よくある話だった。

抗《あらが》いもせず、しかし、愛美はおかしな言葉を喚《わめ》きつづけた。

失神させなきゃ駄目か。

こう思ったとき、幾つもの足音がこっちへ近づいて来た。

どうやら、ただ憑かれただけじゃ済みそうにねえ。

おれの席《ボックス》を取り囲んだのは、明らかにやくざだった。

ひとりはダブルの紺スーツに白いスカーフの中年、あとの四人もスーツに身を固めているが、若い。護衛役だろう。

「どちら様?」

「南波《なんば》ってもんだ。そのホステスはいまからおれの席に着く」

と中年の男が宣言し、若いひとりが、

「南波グループの南波華月《かづき》代表だ。あんたも実業家の端くれなら、名前ぐらいは知ってるよな?」

「ああ。よおくご存知ですよ」

おれは下手に出た。おかしな言葉をしゃべるホステスが珍しいだけ――とは思わねえが、関東を代表するやくざ「南波組」の大親分を相手に立ち廻りをやらかせば、事後処理に無駄な金を使う羽目《はめ》になる。

「とても失礼しましたあるネ――でも、このおネーさん、ワタシの専属。とても気に入ってマス」

「何だ、てめえ中国かカンボジアか?」

護衛のひとりが凄《すご》んだ。

「いえ。ナンタラ共和国あるネ」

護衛たちは顔を見合わせた。ふざけた名前だと思ったのだろうが、知識にないから、おまえどうだ、知ってるか？　と以心伝心したのだろう。

代わって、大親分が、

「面白いこと言うなあ、お兄さん。——何処の国の出か知らねえが、こんな席でペテンかますたあ、いい度胸だ。あんたも一緒に来てもらおうか」

「いえ、行けませン」

おれは片手をふった。

「昨日、富士登山して右の足首を折っちゃいましタ」

「ふざけるな」

と護衛が凄んだ。店内は沈黙と緊張の巷と化している。

そして、おれは試しに、愛美の口にあてていた手を離した。いきなり、

「BBBBBB」

とやらかした。まだ終わってなかったのだ。それどころか、うちの学校の生活指導委員は、おれ用のレミーマルタンの瓶を摑《つか》むや、大親分に放り投げやがった。

鈍くて重い響きと一緒に、南波の頭が大きくのけぞり、ホステスの悲鳴が店内を支配した。

「社長⁉」

護衛が二人、南波へ駆け寄り、残りはおれたちの方を向いた。

こうなったらどう言い訳しても無駄だ。やくざの親分が素人の、それも女にKOされたなんて、奴らの世界に広まったら一生の笑いものだし、それを阻止できなかった護衛も後で責任を問われる。叱責だけで済むのは表の世界だけだ。まず指一本は危ない。五本満足でいられるためには——

「この餓鬼ぃ」

こっちへ向かって来た。捕まったらやくざの事務所へ連れこまれて、盛大なリンチが待っている。娘だからって容赦はしてくれまい。まして、おれの方は——

「脱出だ」

おれは、なおも血まみれのオッさんを指さして、BBBBBとやっている愛美を横抱きにするや、戸口へと走り出した。

少し遅れた。

肩を摑《つか》まれたのだ。大した力だが、相手が悪かった。

おれは取られた肩を軽く落とすや、ある方角へふった。

古代武道「ジルガ」の「無手柔法／五〇二四」が炸裂した。

護衛はおれの肩を中心に、水車みたいに廻った。

激突したテーブルから酒瓶やらグラスやらオードブルやらが花火みたいに飛び散り、客とホステスが悲鳴を上げた。

テーブルと頭突き比べをした護衛はぴくりとも動かない。ただの脳震盪で済めばいいが。

水晶で出来た傷つき易い胸を痛めながら、おれは戸口へと走った。

さすが大物やくざだ。そこにも二人いた。事態はとっくに察してるから、向うから掴みかかって来やがった。

片方の手を取って後方へぶん投げ、もうひとりの重そうなフックを間一髪で躱《かわ》すや、そいつの股間に孤拳を打ちこんでやった。

白眼を剝《む》いたくせになかなか倒れないのを蹴とばして吹っとばすと、すぐに外だった。

おお歌舞伎町。

近くの駐車場に停めてあるポルシェで逃げ出す手もあったが、おれは奴らの裏をかくことに決めた。

すぐ隣りにあるホテル「アビス」に飛びこんだのである。

平日だし部屋は空《あ》いていた。

ずらりと部屋の写真が並んだキイボードから、ご休憩六千五百円のボタンを押して、受付でキイを受け取る。

3 5.

　ドアを閉めた途端、愛美が暴れ出した。

　周囲を見廻して、

「ここ何処よ？」

「ホテル『アビス』だ。深い海の底で静かに愛を語ろうじゃないか」

　出来るだけ甘くささやいたつもりだが、

「なに寝言言ってんのよ。知らないうちにこんなとこへ連れこんで。明日、校長先生に訴えてやるからね。あんた、退学よ、退学」

「何を言ってるんだ、おまえ？」

　おれはさも呆れ返ったように、ふくれっ面の同窓生を見つめた。こういうときは先に呑んじまった方の勝ちだ。

「嘘よ」

「ここに隠れようと言ったのは、おまえじゃねーか。おれは新宿から出ようと言ったんだぞ」

　愛美は白い歯を剝いた。その狂暴さが、覚束《おぼつか》ない記憶を糊塗《こと》しようとするせいだと、おれは見抜いていた。

「じゃあ、店からここまで来る間のことを覚えてるか？」

「も、もちよ」

「ここは『区役所通り』を渡ったところにあるラブホ街のホテルだ。通りを渡る途中、信号無視で渡ったせいで、轢《ひ》かれかかった。乗用車か、トラックか？」

「――ト、トラックよ」

「残念でした。ここは店の近くのラブホだ。通りなんか渡っちゃいない。おまえは何も覚えてねえんだ」

「このペテン師」

テーブルの上の灰皿を摑んでふり上げた。

「こら」

おれは軽く取り上げ、愛美を抱え上げるや、ダブル・ベッドに放り出した。

きゃあ、と叫んで起き上がろうとするところへ跳びかかり、両手を押さえつけた。

2

「ちょっと、何するのよ、この変態！」

「なーんも」

とおれは涼しい顔で言った。

「おまえとあの暴力団の親分――何処かおかしい。ただのホステスと客とは思えねえんだ。なあ、BBBBB って何だ？」

言できるとは。

「ははあん、やっぱり覚えてねえのか。あのオッさんもおまえのことを知ってるような、知らねえような雰囲気だった。こりゃ、十中八九、過去の過去——人類誕生以前の因縁だぞ」

言い放ってから、はっとした。確かに可能性のひとつではあるが、ここまで自信を持って断言できるとは。

ひょっとすると、おれまで——

しかし、そんな小難しい探索や推理より、おれには男としてやらなければならないことがあった。

下から睨《にら》みつける愛美へ、おれはウィンクをひとつ送って、

「——というわけで、その辺のことを、ふわふわしたベッドの上で話し合おうや」

「真っ平よ。放せ」

「ま、そう言わず」

ホステスをやろうというくらいだから、愛美のボディと色っぽさは生唾《なまつば》ものだ。なに、青春の些細《ささい》な出来事である。

歯を剝く口へ、おれの唇を——

そのとき、携帯が鳴った。

無視、と思ったが、ヤな勘が働いた。

「十万だすぞ」

と愛美に言った。

「え?」

この表情なら脈ありだ。

「抵抗オッケーだ。ただし五分待て。待ち時間に十万。それから再試合といこう」

「本当?」

「男に二言はない」

「あんたなら三言も四言もあるわよね」

と愛美は喚いてから、

「オッケ」

おれは素早く携帯を取り出して、着信相手を確かめた。

最悪だ。

「あいよ」

と出た。

「ちょっと――何処で何してんのよ?」

爆発寸前のゆきの声が、耳の奥で鳴った。

「えーっと」

「考えるな――ラブホ？　相手は、ふむ、８Ｈの丹下愛美ね」

驚いた。おれのクラスには外谷《とや》順子《じゆんこ》というでぶ女がいて、全校生徒を匂いで嗅《か》ぎ分けられると評判だが、この女もいつの間にかそんな能力を備えていたってわけか？

「ふっふっふ」

とゆきは邪悪に笑った。

「あんたには四六時中、あたしの眼が光ってるのよ。何処へ行って何しようとも、みーんなお見通しなわけ。いい加減に金で女の子を自由にするなんて真似はおよし」

「うるさい」

おれは喚いた。

「これは正当なビジネスだ。商取り引きである。このＣＩＡ局員め、余計な真似をすると、今度会ったとき、レイプしてくれるぞ」

「へえ。出来るもんならやってごらんなさいよ。あんたの一生くらい簡単に滅茶苦茶に出来る資料を集めてあるんだからね。自分の身が可愛いんだったら――」

ここまで言って、

「あら」

マイクから？《クエスチョン》マークが洩れた。

「こんな用事で電話したんじゃないわ。あんた、南波興業相手に何やらかしたのよ？」

「何でそんなこと――」

「あんたのことなら、何でもわかるようになったって言ったでしょ。一昨日《おとつい》からだけどね。あいつら、新宿中を股にかけて、あんたを捜索中よ」

「残念だが、おれじゃねえ。狙いは丹下だ」

「何やらかしたのよ？」

「南波組の大親分の顔面に、レミーマルタンをぶつけた」

「グラス？」

「瓶だ」

耳の奥で、ゆきは唇を吹いた。

「早いとこ脱出しないと、二人とも東京湾に浮かぶわよ。あ、丹下はアジアの某国へ売りとばされて、お客を取らされるか、地雷撤去させられるかよ」

驚くかも知れないが、アジアのあちこちでは、今なお内戦時の後遺症に悩んでいる。その最たるものが、不発弾処理だ。イメージしただけで、女にはムリ、と思うだろうが、今じゃ探知機も優秀だし、ノウハウさえ身につければ、不発弾に圧力信管をくっつけただけで、安全地帯からのボタン操作ひとつで、簡単にドカンといける。必要に迫られれば、人間、肝がすわるものだ。あとはリーマンの仕事と同じで、数をこなせばいい。

もとはその国のマフィアのビジネスだったのだが、昔はともかく今は人手がなく、外からの供給に頼る場合が多いのだ。

「ま、そんなとこだろ」

おれは気にしなかった。正直、このくらいの危機的状況など、物心ついたときから日常茶飯事なのだ。

それより――

「連絡ありがとう――さらばじゃ」

「ちょっとお」

ゆきが喚いた。

「何よ、その態度。ね、シャネルのコートの新作――カッコいいんだ。一枚愛してよ」

「シャネル着て発情する女子高生が何処にいるんだ、この阿呆。ま、手袋か靴下だな」

「このドケチ！ もう何にも教えてやらないからね！」

お疲れ――と伝えて、おれは携帯を切った。

外は色々厄介だが、とりあえずお愉《たの》しみはここにある。

「マナミちゃーん」

とふり向いたら、姿はなかった。

「あれ」

ゆきとのやり取りに気を取られていたせいだろうか。しかし、近くの女の動きくらいは死んでたって気がつく。おれがボケたんでなけりゃ、愛美がおかしいのだ。しかし、まさか。シャワーの音が、おれの疑問を打ち砕いた。ボケてようが、おかしかろうが、結果良ければすべて良しだ。

おれは足音を忍ばせて、浴室のドア・ノブを摑んで廻した。

「マナミ――」

ちゃーんと行く前に声は止まった。

愛美はシャワーを浴びながら宙の一点を見つめているではないか。

その豊かな胸のふくらみや立派なヒップに眼が行く前に、凝視の対象に眼が行ったのは、おれのDNAが成せる業《わざ》だ。女の裸に眼がくらんだ一瞬、眉間に一発食らったトレジャー・ハンターは数え切れないくらいいる。

シャワーの水音とは別の音が鼓膜《こまく》を叩いた。

BBBBB
この連続音は――

ここへ来るまでの間、記憶を辿《たど》っても出て来なかった。

いつの時代の言葉だ？

別の音が耳に飛びこんで来た。

複数の足音だ。

その前に殺気も。

さすが新宿の顔——探り当てたらしい。

おれはバス・ルームに飛びこんで、愛美の手を取った。いや、取ろうとしたら、するりと身体ごと抜けて、おれが止める暇もなく、ベッド・ルームの方へ滑らかに進んだ。

こんなスムーズな足取り、おれはスケートしか知らん。だが、羽生《はにゅう》何とかも何とかマオちゃんも、今の愛美に比べりゃ、岩だらけの道を行くトラックだ。

ああというタイミングで、彼女はベッド・ルームへと続くドアの前にいた。

鍵を合わせる音がして、ドアが開いた。受付係め、買収されやがったな。内側のもうひとつのドアが開き、三人の男が入って来た。顔でわかった。

南波の倅《せがれ》どもだ。

先頭の奴が愛美の両肩を摑もうとした。

手は空を摑んだ。間一髪、おれが引き寄せたのだ。

どいつも百八十センチ、九十キロ超えの三人が事態を理解する前に、おれは左の手首をひと捻《ひね》りしておいた。ポルシエの腕時計に見せかけたマルチ・メカ・ボックスの接触部《タッチ・センサー》に動きが伝わり、選択子《セレクター》が、神経麻痺音波銃《パラライズド・ソニック》を稼働させるまで〇・一秒。

拳を握るや、アラスカ羆もKOする超音波を浴びて、二人が片膝をつく。

——危《やば》い、と思った。

三人目が空手の構えを取ったからじゃねえ。二人が片膝で踏み留まったからだ。

三人目の空手を軽くステップ・アウトで躱し、超音波を照射した。

こいつも片膝を——それだけだ。先の二人は軽く頭をふっただけで体勢を整え、おれ——ではなく、愛美に跳びかかって来た。変態め。

驚くなよ。

愛美は正面からこいつらを迎え討った。

左側の奴の喉を摑んでストップさせるや、もうひとりの頭に、テーブルに置いてあった重いガラス製の灰皿を叩きつけたのだ。おお、父親の後を追え、か。

そいつが床へダイビングする前に、喉を押さえた奴を向うの壁に突きとばすとは、大した膂《りょ》力《りょく》だった。

多分意図的にだろう、そいつは、おれの前に立つ三人目に斜めから激突し、二人揃って後方の壁に叩きつけられた。

いや、久しぶりにパワー喧嘩を見た。しかも強いのは、十八歳のグラマーだがバンビみたいにしなやかな女子高校生と来た。

これにはびっくり。一トン超の羆をぶっ倒す超音波攻撃を受けても難なく立ち上がった男どもが、それきり動かなくなっちまったではないか。ダウンだ。否、カウントを取るまでもない鮮やかなＫＯだった。

おれはつくづく愛美を眺めた。こいつは一体何者だ?

とにかく今は逃げる手だ。

おれは愛美の服を取って押しつけたが、BBBと言うばかりで身に着けようともしない。

仕様がねえ、着せ替え人形ごっこといくか——こう思ったとき、ドアの向うでまた気配が生じた。また複数だ。

「若」

声と足音が若組員どもの姿で跳びこんで来た。何が若だ。三馬鹿大将だ。

愛美の方をチラ見したが、今度は全く関心を示さなかった。

おれは腕時計を向けた。

次々に倒れていく。

丸一日眠れば回復するが、全身の機能がやられてるから、半月はろくに動けない。

おれは全裸の愛美の手を引いて、部屋を出た。

エレベーターのところに二人組員がいたので射ち倒す。幸いドアは開いていた。

エレベーターから下りた途端に、風がガンを飛ばして来た。

屋上だ。

柵《さく》から下を見下ろすと、ホテル近くの駐車場に黒塗りの外車が何台も停まっている。ほお、あちこちにやくざどもが張りこんでやがる。

本人たちはさり気なくだろうが、危い顔つきと服装の連中が、緊張の面持ちでホテルを睨んでいるのだ。一般人のカップルは、あわてて遠ざかってしまう。ま、すぐにいなくなるさ。

おれはまだBBB BBBと口ずさみながら突っ立ってる愛美の裸体に、とりあえず部屋から失敬して来たガウンを着せ、暗天を見上げた。

星も月も見えないが、おれはぞっとした。

何かがそこにいた。

時々こういうときがある。

この星に生きているもの、或《あ》いはいたものは、おれたちだけじゃないのだ。

時間は過去から現在を経由して未来へ流れていると、誰もが思っている。それは正しい。しかし、実は時間は何処にでもあるのだ。

全宇宙の出来事が記されているという〝アカシア記録〟のように、それは流れとして、固定した一瞬として、あらゆる場所に存在する。

一生に一度くらいは誰でもそう感じるはずだ。

その何かが、何処の時代からやって来たのかはわからない。だが、それは確かに宇宙の――いや、三次元時空連続体の何処かから、おれと愛美を見下ろしているのだった。

3

おれは眼を閉じ、そいつの視線を無視しようと努めた。

だが、何かがおれの意識を蝕《むしば》んでいくのだ。恐らくは、時間そのものが。おれはラブホテルの屋上で、ひどい疲れを感じた。

老いていく。

老人のように。

本気で危いと思ったとき、エレベーターの到着する音が聞こえた。

五人ばかり跳び出して来る。手に手に拳銃だ。

助かった。

おれは愛美を床に伏せさせ、そいつらを迎え討った。

たかが武器を持ったやくざだ。相手にとって不足だらけだが、今は別だった。

銃声が轟き、おれの周囲を弾丸がかすめた。

これだ。これが現実の時間ってもんだ。

気力が回復しつつあった。

「サンキュー」

おれは礼を言いつつ、片っ端から五人を射ち倒した。

まだ来るだろう。そして、おれは感謝の思いとともにそいつらをKOしてのける。

だが——予想は外れた。

遠くから、ヘリのローター音が近づいて来たのだ。

ただ、人数を送りこむだけじゃあるまい。空から狙い射ちだ。

「くう。やるう」

全身が興奮に震えた。

ここは新宿のど真ん中だ。無茶しやがる。それがおれの全身を熱く震わせた。

おれの戦いは常識外れ、桁外れが身上だ。これくらいしなくちゃな。

ヘリは旧式のシコルスキーだった。いくら新宿一のやくざの親分といっても、すぐに調達できる自前の航空兵力といったらこんなものだろう。

右二メートル、上十メートルほどの位置から、銃火が降って来た。

銃声からして、ロシア製AK47カラシニコフだ。それもひと昔前の兵器だが、その頑丈さ、作動の確実性からいったら、当時から米軍の制式ライフルM16および改良型のA1を易々と凌《りよう》駕《が》し、今でも現行のM16A2に匹敵する。

しかも、弾丸の口径が七・六二ミリと米軍の五・五六ミリより重いから、風《ひらめ》が強かろうが弱かろうが、弾着はずっと正確になる。操縦席横からカラシニコフの閃光が閃くたびに、おれと愛美の周囲でコンクリ片が跳ね上がった。

「まだかよ」

とおれはつぶやいた。

シコルスキーが近づいて来た。ボンクラ射手のために、接近して来たのだ。おれの反撃を予想していない——というより、空でヘリから射ちまくっていると、多少の反撃など屁でもないと思ってしまうのだ。

仕様がねえ。やるか、と思ったとき、シコルスキーの左上方から斜めに走る光のすじが、旧式ヘリの後部ローターを貫いた。

悲鳴が聞こえた。ヘリの姿勢安定は後部ローターが受け持つ。

バランスを失ったシコルスキーは大きく左へ傾き、そのままこっちへ突っこんで来た。開いたドアから機銃手《ガンナー》が落ちていくのが見えた。五階だ。生死はそいつの運にかかっている。

「わわわわわ」

回転するメイン・ローターが床を弾いてひん曲がり、バウンドした軽い機体がのしかかって来た。

おれは愛美を抱いてその下を走った。

ヘリは背後の柵にぶつかって止まった。

おれはいちばん遠い端まで走った。自動車と違って、外被や燃料タンクも薄い航空機は、高

確率で燃え上がるから始末に悪い。

頭上から音もなく、金属製のステップが下りて来た。

おれは愛美を小脇に抱え、下段のステップに足をかけ、上段のグリップを摑んだ。

みるみる上昇していく。

全長二十メートルに及ぶ機体は、電柱や電線を避けるため、安全停止高度——地上三十メートルから、レーザー砲で敵を撃墜し、おれたちを救出する。

下で見上げているやくざどもには、影も形も認識できまい。なんせローターは風を切る音以外完全無音化だし、電磁波吸収処理を施《ほどこ》したカメレオン塗装のせいで周囲の色彩——闇色に同化した機体は、肉眼でもレーダーでも索敵は不可能だ。操縦はおれの音声指示によってコンピュータが行う。部屋を出る前に腕時計の通信機で呼んであったものだ。

夜眼の利くおれには、下で右往左往しているやくざどもの姿が、かなり小さくなっても、はっきりと見えた。

「ははは、愚民ども」

おれの嘲笑《ちようしよう》に応えがあった。

「誰のことよ、それ?」

何ものかの呪縛から解き放たれたらしい愛美が、ガウンの前を合わせながら、氷のような眼差しを向けていた。

そのとき、おれたちは機体内に収容され、底部でドアが閉じた。

五分足らずで〈飛行体〉はおれの住む六本木のマンション屋上に着陸した。

高度三百から降下を開始、二百で機体の縮小を開始、百でローターを折り畳んで磁力飛行を行い、マンションの屋上に開いた発着孔から下の格納庫へ着陸《ランディング》したときは、全長五メートルの楕円形に化けていた。

外へ出た愛美が離れたところから見て、

「何よこれ、でっかいウミウシじゃないの」

と呆れたほどである。

「あなた、学校でもどっか得体の知れない奴って噂があるけど、こんなもの持ってるんじゃや、言われるわよね。へえ」

へえへえと、呆れ返っていた愛美の顔が、部屋へ着くなり、驚愕《きょうがく》に満たされた。

「何これ？　まるで宮殿じゃないの」

「人呼んで〝六本木ヴェルサイユ〟――って嘘だがな」

「そうよ、ね。本で見たスチルより凄いもん」

竜宮城へ来た浦島太郎みたいに口ポカの愛美をリビングのソファにかけさせたところへ、宿敵がやって来た。

「また女か」

と、アンドロイド――「順子」は、メカ音声丸出しのくせに、はっきり軽蔑の口調でぬかした。

「よくやるな」

「うるせえ」

おれはテーブルの上の純金のライターを顔の真ん中へ投げつけた。こいつは悪態をつくのは早いが、動きは鈍い。ごん、と頭をゆらして、額のランプを激しく点滅させた。

「よくもやったな、覚えていろ」

「やかましい。お客さんだ。嫌がらせの前にお茶の用意をしろ」

「何度も言うが、いい死に方はしないぞ」

「うるせえ、この糞ロボットが。さっさと仕度しろ」

いつか寝首をかいてやる、などとブツクサ言いながら「順子」が去ると、愛美が、

「ロボットのメイドさん付き？　凄いわねえ」

しみじみと口にした。

「誤解にも程がある。あいつはメイドの分際で、いつかおれを絞め殺そうと企んでやがるんだ。まあ、いい――訊きたいことがある」

途端に、愛美はヘナヘナとソファの上に崩れ落ちてしまった。人心地がついた――安全だと

思った刹那《せつな》、張りつめていた気力が、木っ端微塵に吹っとんでしまったのだ。

「ほれ」

「順子」がコーヒー・セットとケーキを積んだトレイを運んで来た。

「ん？」

気つけ薬まで載ってやがる。

じろりと見てやると、

「これまで何度もあった。おまえが連れこんだ女は、大概、眼を廻す」

うるせえとも怒鳴れず、おれは瓶の中から気つけ用カプセルをひとつ取って、愛美の鼻先で割った。

くしゃみをひとつして、愛美は覚醒した。青ざめた顔に赤味が戻る。カプセルには即効の栄養剤も含まれているのだ。

マイセンのカップに注がれたコーヒーをひと口飲んで、

「ねえ、あなた、チョー大金持ちなのね。ここ、お部屋空いてない？」

「何だ、そりゃ？　おまえ自宅から通ってるんだろうが」

急に愛美は真っ暗になった。

「家、居づらくてさあ」

「どうして？」

「半月前にパパが女作って逃げちゃったんだ。ママは近くのコンビニでレジ打ちしてるけど、家には中学の弟と妹がひとりずついてさ。生活保護受けてるんだ」

「それでクラブか?」

「はーい」

片手を上げて笑った。いい笑顔だ。こういう環境で笑える娘には、いい男がついて欲しいものだ。

「部屋は空いてるけど、おまえがいなくなったら、母さんも弟も妹も困るだろ」

「そうだね」

愛美は両手で膝の上を叩いた。

「週五日クラブに出てるんで、少し疲れちゃったんだ。どうかしてた、あたし」

頭を軽く叩いて、

「そうしろ。送ってやるよ」

おれは自分でも呆れるくらい優しい声で言った。前から思ってたことだが、おれの中にはもうひとり、ええカッコしたくて堪らない偽善者がいるらしい。

「だけど、その前に訊かなきゃならないことがある。あのやくざの親分との関係だ」

「そうだよね——あ、食べていい?」

ケーキのひとつを指さした。イチゴ・ショートだ。

「好きなだけな。食べながら話そう」

おれはシュークリームとエクレアを皿に載せ、二人でぱくぱくやりながら会話した。

愛美のいうところによると、南波組の組長どころか、組の名前を聞くのも初めてで、なぜレミーマルタンをぶつけたのかもわからないという。BBBに到っては、

「何よ、それ？　そんな声出すわけないじゃん」

であった。

今の今まで日常生活に、やくざが絡んだり、摩訶不思議なことが起きたことも皆無だという。脳の何処かに眠っていた太古の記憶が、南波との接触によって励起《れいき》され、表面に出て来た――これは間違いないだろう。

それは、単なる記憶の復活に留まらず、肉体的変化をも促した。ラブホでの南波一家の不死身ぶりと、それを撃退した愛美の超能力がその証拠だ。

――過去遡行《そこう》といくか
こう考えたとき、チャイムが鳴った。一階の呼び出しだ。このマンションは、住民が中から操作しない限り、マンションのドアひとつ開かない。

指輪を空中に向けた。通称〝管理人〟は、玄関前に立つ四人の男たちを虚空に描き出した。

「おや」

とおれは苦笑し、愛美はシュークリームを頬ばったまま、

「ふが」

と驚きを表明した。

カメラの方を見上げている四人は、南波組長と三人の息子たちだった。

第二章　昔の因縁

1

「何の用だい？」

声をかけると、南波《なんば》は、へえという表情を作って、

「高校生がどえらいとこに住んでるな。話があって来たんだが」

「いいよ」

おれはロックを解いて、ドアを開けた。

「七〇一号だ」

屈強なやくざ面が四人も揃《そろ》うと大した迫力だ。

その迫力の主たちは、一歩入るなりＵＦＯに乗った子供みたいに眼を丸くした。

「何だ、ここは？　おめえ、どっかの国の王様の一族か？」

と南波は唸《うな》り、息子どもは、ぽかんと口を開けている。ラブホであれほど痛めつけた成果か、どいつも頭に包帯、ひとりは三角巾で右腕を吊っている。そういや、親父の方も一キロ超の瓶を女子高生のものとはいえないパワーで叩きつけられただけあって、首にはコルセット付きだ。鼻の骨も折れたらしく、でかいガーゼをバンソウコウで貼りつけてあった。よく動けるもんだ。

へえ、ふむ、おおという呻《うめ》きが終わると、「順子」がグラスと酒を運んで来た。

息子のひとりが、

「うえ、ロボットかよ——しかも、この間、〝日経プラス10〟とWBSで見た三菱やパナソニックの家庭用よりずっと良く出来てやがるぜ。グッナイ——ベイビー」

「おまえはやくざだな」

いきなり来た。南波は怒るより呆気に取られ、息子たちもあんぐり口を開けた。

「ここは真っ当な家だ。さっさと出て行け」

「順子」が背を向けて去ると、南波は苦笑を浮かべて、

「面白えのがいるな」

と言った。ロボットに怒っても仕方がないが、大した胆《きも》の据《す》わりっぷりだった。

「やくざは出て行け、か。うちにも一台欲しいくらいだぜ」

「順子」がテーブルに並べたグラスに息子たちが氷を入れ、ブランデーを注いだ。レミーマルタンだ。さすがに嫌な顔をしたのが面白い。

ほとんど縁まで注いだのを一気に呑み干すと、ぷはーとひと呼吸《いき》、

「用件てのはな」

と切り出した。

「あの娘を渡して欲しいんだ」

「その前に」

とおれは遮《さえぎ》った。

「どうしてここがわかった？」

「おれ様の情報網にかかりゃあ、と言いてえところだが、六本木じゃおのぼりさんと同《おんな》じだ。あの店に、他にもおまえの高校の子が何人か勤めてたのさ。そのひとりから名前を聞いた。税金払ってるなら、住所を記した資料はいくらでも手に入る」

「ふむふむ。で？」

「あの娘を渡せ」

「やだね」

打てば響く即答ぶりに、息子たちの方が頭へ来たか、前へ出ようとするのを止めて、南波は奥の方へ顎《あご》をしゃくった。

「いるんだろ？」

「ああ」

「ふむ、何も起こらねえ。遠いんだな」

　少しは気づいているようだ。

「変な話だが、おれと倅《せがれ》たちは幸運で通ってる」

　その話は聞いたことがある。南波興業が新宿にでかい勢力圏を持ったのは、いくら抗争に明け暮れても、中枢部の親子はびくともしなかったせいだ。鉄砲玉が至近距離から弾丸を射ちこんでも、どういうわけか外れてしまう。斬りつければ、助っ人が割って入ったり、足を滑らせたり、勘違いで別のものを斬ったりと、あと一歩のところでしくじってしまうそうだ。

「それが、あの娘の手にかかった途端、この様《ざま》だ。傷が治るまで人前にゃ出られねえ。わかるだろ、敵の組があの娘に因果を含めて鉄砲玉にでもしたら、おれたちは必ず殺《や》られちまう。それだけは防がにゃならん」

「かと言って、やくざに同級生を差し出すわけにはいかねえな」

　おれは、きっぱりと言った。

「そもそも、何であの店で彼女に絡んで来た？　あんたのそばには可愛いのが群がってただろ？」

「それがよくわからねえんだ。店に入ったときから、何かこう敵意みてえなものが湧き上がって来てよ――絶対に殺――始末しなくちゃならねえ、と感じたんだ。それが、あの娘だった」

「今までそんなことは？」

「一度もねえ。今夜、あの店で、が初めてだ。おれをこんな目に遇《あ》わせたことと、ラブホでの息子たちの話をまとめると、向うもおれたちの相手をするときに限って、おかしくなるようだ」

おれはひとつうなずいた。

南波は背後に立ちっ放しの息子たちに、フィンガースナップを送った。パチンと指を鳴らす。息子のひとりが、膝に乗せていたスーツケースをテーブルに置いて、蓋《ふた》を開けた。

びっしり並んだ万札の束を見ただけで、息が止まりかけ、声も出なくなる——普通の人間ならば。

おれの顔を見て、南波はまた苦笑した。

「五億のキャッシュも、チップ代わりか——ま、そうでなきゃ、こんな暮らしをしてはいられねえよな。こりゃ、リサーチ不足だったぜ」

「なぜ、あの娘を殺したいんだ？」

単刀直入に訊いた。南波は肩をすくめた。

「わからねえ。いきなり、だ。こいつはおれの個人的見解だが、因縁だと思う」

「ピンポン」

「おめえもそう思うか⁉　証拠は何もないが、おれもだ。な、手がかりはねえか？」

「あの娘にも訊いた。何もないそうだ。戦ったことも覚えてねえ」

「やれやれ」

南波は頭を掻《か》いた。

「だがよ、今も言った事情で、放ってはおけねえんだ。頼む、五倍払う。引き渡してくれ」

南波は深々と頭を下げた。立場はよくわかる。二十五億も貰えば何とかしてやりたいが、

「駄目だ」

おれはきっぱりと言った。息子たちの全身から怒りのフレアがふくれ上がった。

ひとりが右手を懐に走らせる。

「よせ」

と親父が叫んだ。

おれは天井から麻痺銃《パラライザー》を照射したが、倅は平然とシグのP226を引き抜いた。麻痺銃は作動停止だ。これか？　これがこいつらの幸運なのか。武器を持ってるのは、ビデオの透視フォトでわかっていた。いくらでも処置できると思っていたが、裏目に出た。こちらの攻撃が効かないとはな。

「やめんか！」

南波が飛び出すより早く、息子は引金を引いた。

弾丸はおれの眉間に命中し、衝撃《ショック》も与えず、ぽとりと床に落ちた。

天井の監視カメラと連動しているコンピュータが、間一髪でおれの周囲に防御《プロテクト》シールドを張

り巡らせたのだ。攻撃はアウトだが、防御はオッケーらしい。

息子はそれでも連射しようとした。

その間に南波が割って入っても、引金を止めることは出来なかった。

南波は後ろへ吹っとび、防御シールドにぶつかって止まると、それにもたれかかった姿勢で、ずるずると滑り落ちた。

「莫迦野郎」

別の息子が犯人を殴りつけ、南波に駆け寄った。さすが修羅場を踏んでるらしくて、抱き起こしたり、ゆすったりはしない。体内の弾丸があちこちうろついて、被害を大きくするばかりだからだ。

「やめろつったろ、莫迦野郎」

南波の声は大きかったが、根本的なパワーが欠けていた。放っときゃ長くない。弾丸は肺を貫いていた。

「治療開始だ」

おれのひと声で、床下から移動式の医療ポッドがせり上がって来た。

南波に近づき、マジックハンドをのばして、二つに裂けたポッドの内部に横たえてしまう。

「いいんだ、よせ」

意外な人物――南波本人が止めた。

「助かるぜ」

とおれ。息子たちは呆然と成り行きを見つめている。

「おれはどうやら、あの娘を始末するために生まれて来たようだ。だが、これまでの稼業が長すぎたし、ハードすぎた。使命に割く余力なんかねえよ――後は息子たちにお任せだ。何もするな。このまま逝《い》かせてくれや」

「親父」

「しっかりしてくれ」

「まだ、これからじゃねえか」

息子たちは口々に叫んだ。次々にシグを抜き放っておれをポイントした。

「おい、早く治療してくれ」

「いーけど。君たちのパパがねえ」

「そうだ、何もするな」

と南波は命じた。この世界、上の命令は絶対だ。トップに、北京で麻雀してるが面子が足りないから来いと言われれば、いちばん早い旅客機をチャーターしなくちゃならないし、死ねと言われたら死ななくちゃならない。

シグは引っこんだ。

「悪いが助けるぜ」

とおれは言った。

「とりあえず弾丸を抜いて、危《やば》い目に遇った患部を治療する。後で病院へ行きな」

「助かるかい？」

「ああ」

「嘘つきやがれ」

南波は微笑した。

それでも、おれはポッドに治療を命じた。

五分で済んだ。アメリカの最先端医療技術と電子メーカーの合作は、宇宙空間や海中での治療も可能だ。

「麻酔が効いてる。病院へ運ぶぞ」

「いや、やめとこうや」

息子のひとり――いちばんゴツい男が止めた。長男らしい。

「親父の言い分を聞いてやってくれ。頼むわ」

他の二人も、そうだ、やめてくれと言い出した。

「ノーだ」

おれはきっぱりと宣言した。

「死にかかってる者を放っちゃおけない。ポッドは下の車に運ぶ」

息子たちは顔を見合わせた。

「アメリカへ——行け」

こう言ったのは、奴らじゃなかった。ポッドだ。いや、内部の南波だった。

「アメリカ——ワシントンの超古代研究センターに……ジェイソン・パイクって男が……いる……そいつに話を聞け」

「どうして、急に？」

「……いきなり……頭に浮かんだ……多分……終わりが近い……早く行け……息子たちは……あの娘と離れてりゃ……何もせん……」

「わかった——すぐ病院へ」

連れてく、とは言えなかった。

ポッドの表面に赤い光が点ったのだ。せわしない警報が続き、あっという間に短くなって——停止した。

「間に合わなかったよ、臨終《りんじゅう》だ」

その辺は渡世《とせい》が渡世の連中だ。

「おお」

と全員がうなずき、なんと内ポケットから数珠《じゅず》を取り出して手に巻き、ポッドに向かって両手を合わせた。

「後はおれたちに任せてくれ。迷惑はかけん。親父を出してくれや」

「あいよ」

亡骸《なきがら》が現われると、息子たちはそれを抱えて、部屋を出ようとした。愛美《まなみ》のことは忘れ果てた風だ。

これで解決か。

何となく呆気ねーの。そう思った。

だが、おれは気がつかなかった。この一件は、そう簡単に片がつく代物じゃなかったのだ。

背後に気配が生じた。

珍しく背すじが凍った。

おれと——息子たちがふり向いた。

居間の戸口に愛美が立っていた。

息子たちの気配が毒々しい殺気に変わる。

「よせ！」

シールドを張ろうとしたが、遅かった。

愛美と息子たちから、何か波のようなものが迸《ほとばし》るや、愛美は吹っとび、息子たちは灰になっちまったのだ。

こうなったら仕様がない。おれは医療ポッドともども愛美に駆け寄った。

壁にぶつかる前にパワーを失ったらしく、床に仰向けだ。

「大丈夫か？」

まず声をかけると、ぱっちり眼が開いた。息子たちの放ったのは一種の〝力場《フォース・フィールド》〟だった。愛美の身体に潜む力は、それをぶち破ったばかりか、三人の敵をまとめて片づけてしまったのだ。

一体全体何が——とはもう考えなかった。

「ね、どうしたの？」

愛美がきょとんと眼を丸くして、身を起こした。

「立てるか？」

「うん」

すっくと立った。

「あれ？　あたし、どうしてここに？　部屋で『ハワイ5《ファイブ》—0《オー》』のシリーズ観てたのにィ」

「全くだ。おれにもわからねえ——とにかく戻れ。話は後だ」

「あのやくざどもどうしたの？　話をつけてくれたの？」

「ああ。誰もいねえだろ？」

南波も灰だ。少し胸が痛んだ。きっぷのいい爺さんだった。愛美を狙っていたとはいえ、それは遠い過去に彼の先祖に植えつけられた殺人因子によるものだ。息子たちだってそうだ。ひょっとしたら、やくざでさえなきゃ飲み友だちくらいにゃなれたかも知れない。

「みんな、去《い》っちまったよ」

「そうなんだ」

愛美は手を揉み合わせ、さばさばと言った。

「どうする？」

おれは下心を押し隠して訊いた。

「泊ってってもいいぞ」

愛美はしかし、首を横にふった。

「ううん、やっぱり、こんな立派なとこ、あたしには合わないわ。よかったら、送ってって」

「あいよ」

内心ガックリだが、正直、そんな気になれない部分もあった。そして、おれの思考は、もうアメリカに飛んでいた。

2

アメリカ合衆国の首都ワシントン——言うまでもなく大統領官邸＝ホワイト・ハウスがあるところだ。

「超古代研究センター」は、この名所より二キロほど東のジェファーソン街の一角にひっそりと建つ、ベニフィット証券ビルの一階にあった。

チャイムを鳴らすと、横の壁面についたマイクから、

「誰だ？」

怯《おび》えと闘志と緊張から出来ている男の声だった。

「日本から来ました。南波ってやくざ知ってます？」

「ナンバ？　——おお、南波のことか。おまえは何者だ？　ひょっとして——南波の孫か？」

「イエスイエス。孫です。大三郎と申します」

嘘っぱちだが、この方が話は早い。

二秒ほど間を置いて、ドアががしゃんとロック解除の音をたてた。

素早く入りこんだのは、何処にでもありそうな十畳ほどのオフィスであった。

データの収集や保存にも徹底的なデジタル化が行われているらしく、紙の本など、周囲のラックに数えるほどしか並んでいない。

デスクが最新式のオートTF《トランスフォーマー》なのには、少し感動した。指先の動きひとつで数台分のデスクが移動し、変形し、今、軍事国家で流行中の卓上攻撃《A》・防御《D》システムをセットしておけば、暗殺のほとんどは未然に防げる。ただし一台きりだから、使うのは、今おれを戸口で迎えた大男ひとりなのだろう。年齢は六十代はじめってとこか。その辺のチンピラなど四、五人まとめ

てぶちのめしてしまうくらいの迫力があった。

「ジェイソン・パイクだ。君のお祖父さんとは、妙な仲でね」

大男の差し出した手を、おれはがっちりと握った。その気になれば、おれの手など軽く握りつぶせるパワーが感じられた。

「ワシントン見物に行くと言ったら、こちらを訪ねろと、祖父から言われましてね。超古代の文明については、世界でこちらが一番だとか」

「そのとおりだ」

パイクは胸を張った。

「南波とは職業上は無縁だが、わしは彼を日本一のヤクザと認めているし、彼もわしを世界一の超古代オーソリティーだとわかってくれておる。とにかくよく来てくれた」

彼はデスクを指さした。右手の人さし指の先に何か入っているらしく、デスクはおれの方へ滑って来て、その内部から折り畳み式のスチール・チェアを吐き出した。

それにかけると、眼の前にコーヒー・ポットが現われ、同時にデスクの表面から出て来たカップに、濃い液体を八分まで注いだ。コーヒーの香りが鼻を刺す。

「実は、こちらを訪れた理由はもうひとつあります。祖父からある話を聞いたのですが、それが本当かどうか教えていただきたい」

パイクの眼が狡《ずる》く光ったようだ。

「君と南波の要求に応えられるかどうかわからんが、わしは四十年に亙《わた》ってここを運営して来た。手に入る限りの文献を当たり、世界中を駆け巡った。その結果がこうだ。古代は遠く、超古代はさらに遠い。結局、何もわからないということだ」

「はあ」

正直、呆れたが、驚きはしなかった。

超古代とかをまともに扱えば、碩学《せきがく》の士だろうが、市井の研究家だろうが、こうなるのが当然なのだ。

しかし、おれは退《ひ》かなかった。その超古代のＤＮＡを受け継いだらしいやくざが指名した男なのだ。何もわからないで済むとは思えなかった。

――やはり、愛美を連れて来なくちゃ駄目か。しかし、また殺し合いは真っ平だしなあ

おれは近くのホテルで待っている彼女のことをチラと考えた。連れて来なかったのは、勿論、南波のときみたいな時間を超えたトラブルを怖れたためだ。パイクが南波の仲間って保証はないが、わざわざ訪れてみろと指名した男だ。普通であるはずがない。

「実は知り合いにある娘がいるんです。こいつがどうやら、超古代のお姫様か何かの記憶を受け継いでいるらしくて」

ここまで言って、パイクの反応を見た。

はっきりと興味の表情を刻んでいた。

「ほお。その娘と南波はどういう関係があるのかね？」

「南波の姪《めい》なんです」

「まさか」

驚きを加えて、さらに関心を深くした顔を見て、おれはとりあえず無駄骨だったなと思った。こいつが――少なくとも今おれの前にいる大男が、愛美と結びつく要素はなかった。あれば、南波の姪と聞いたところで、おれの嘘を見破ったはずだ。

「その姪というのは――」

こう切り出したとき、おれの携帯が振動した。三度で切れた。すぐまた震え出した。愛美だ。勘が、よせと警報を放った。しかし、万がいち何かが起きてたら――反射的に生じた意識が、携帯を取り出させた。

失礼、とパイクに伝えて、通話をＯＮにする。

「あたし。何か心細くって」

胸を撫《な》で下ろしたくなった。

「――ねえ、いつ帰って来れるの？」

平凡で不安そうな声は異様なハレーションを耳孔内に響き渡らせた。危険信号だ――と意識もせずに、おれはパイクを見た。

「じき戻る」

と告げて、携帯を切った。

パイクの眼が前とは全く違う光を帯びていた。愛美の声が聞こえたわけじゃない。だが、彼のいる空間と愛美とを電波がつないでしまったのだ。

パイクはデスクの向うからおれを見つめ、

「何処《どこ》にいる?」

と訊いた。無論、愛美のことだ。

「教えてもいい」

とおれは応じた。

「その代わり、あんたたちと彼女の関係を教えてくれ」

一瞬、虚《うつ》ろな表情が、大男の顔に広がった。

「あの女は……」

彼は眼を細め、眉を寄せておれの問いに答えようとした。

急に絶望が取って代わった。

「わからん。いや、ここまで出かかってるんだ。しかし——わからん。おい、日本人——知りたければ、おれをその女のところへ連れて行け。ひと眼顔を見りゃわかる」

「今、日本にいる」

嘘をついた。まだ会わせるのは早いと思ったのだ。会った途端に襲いかかられても困る。

パイクは小刻みにうなずいた。

「日本か——なら仕様がない。よし、電話で話をさせろ。多分、それで何とかなる」

ちょっと考え、

「よし」

おれは携帯を取り出し、愛美のナンバーをプッシュした。

「ひと言だけだ」

と念を押した。

はい、と出てすぐにパイクへ手渡した。

「ハロー」

次の瞬間、おれは携帯をひったくった。

「危《や》ば」

口を衝《つ》いた。

パイクに変化が、それも急速を超えた急激なやつが生じつつあった。

「何処にいる？」

尋ねる声は彼のものだが、尋ねた当人は違った。

おれは素早く携帯を耳に当て、

「もしもし」

とやった。ハローの方がカッコよかったかな。

愛美の声が流れて来た。別の愛美の声が。

「今のが——パイクさん？」

「そうだ」

「会いたいわ。連れて来て」

「後でな」

おれは携帯を切って、仕舞った。

正直、南波と愛美の間に起こった惨劇を考慮し、おれは二人を会わせるつもりは破片《かけら》もなかった。そこへ予期せぬ愛美の電話だ。案の定、二人とも相手を感知して、会いたい会わせろと言い出した。殺し合いをさせたくはないが、そこは自信がない。何億年の因縁らしいからな。そうなった場合の処置も考えておかねばならない。

思案は数瞬だったが、その間もおれはパイクの気配を探るのに怠《おこた》りはなかった。

いきなり変化が生じた。強烈な悪意が吹きつけて来たのだ。

すでにチェアから跳び下りる体勢を整えていた。床に下りる寸前、チェアがデスクに吸いこまれた。一瞬遅ければ、おれはチェアとデスクに挟まれて、外谷《とや》順子《じゅんこ》みたいにぶうぶう喚《わめ》いていただろう。

黒い塊が迫って来た。

「何をするんですか、やめて下さい」

おれはあわてて逃げる風を装いながら叫んだ。

「少しずつ記憶が戻って来たぞ。これはどうしても、その女に会わなきゃならん。すぐに会わせろ。日本にいるというのは嘘だな」

そこまでわかるようになったか。

おれは腹の中で、しめしめと笑った。事態は予想を超えて進みつつあるが、それならそれで臨機応変に迎え討つだけだ。

おれの周囲を、直方体と化したデスクの一部が取り囲んだ。そのくせ、どいつもつながってやがる。

おれは両手を上げて言った。

「わかりました。連れていきまーす」


五分もしないうちに、おれはダレス国際空港に着陸したとき、待機させておいたアルファロメオ・ジュリアにパイクを乗せて、愛美の待つ「ホテル・ヴァージニアン」へと向かった。

後部座席には、でかいビニール・パックとももども、パイクが収まっている。

最新型のアルファロメオ・ジュリアは、AR社が五年の沈黙の後、満を持して発表したスポーツ・セダンの名に恥じぬ滑《なめ》らかな走行《はしり》を見せて、ホテルの駐車場へ滑りこんだ。ワシントンのAR支社から運ばせたマイカーの乗り心地に、おれは満足した。

パイクと愛美がぶつかったらどうなるか。おれは考え得るあらゆる場合を想定して対策をたてておいたが、これには気がつかなかった。

愛美がいなかったのである。

「何処へ隠した？」

殺気立つ爺さんへ、ちょい待ちと告げて、ホテルのフロントに訊くと、

「十分くらい前に出て行かれました。キイカードはお持ちです」

「オッケ」

おれは携帯を取り出し、GPSを使って愛美の居所をチェックした。

サバンナ通りのバー――「ピックマンズ・プロフィール」と出た。

まだ陽は高い。バーで何してやがる？　何か嫌《や》な予感が首の後ろを凍らせた。

「ちと危《やば》いことになるかも知れない。部屋で待ってて下さい」

と持ちかけると、

「その手は食わんぞ。こっそり逃がすつもりだろう。何処までもついていってやる」

と歯を剝《む》き出しやがった。

仕様がない。おれはふたたび、ジュリアを駆ってダウンタウンへと向かった。

3

「ピックマンズ・プロフィール」は昼からオープンのデイ・バーだった。

閉じたドアの向うから、ドニーヴィーの「WAKE UP」と、年齢制限なしの歌声やざわめきや床を踏み鳴らす音が聞こえて来る。

おれは、パイクをふり向いて、

「あのー」

と言った。

「行け《GO》」

「イエッサー」

気分は良くないが、愛美と会わせるまで、おれは幇間《ほうかん》だ。

中へ入ると、昼間だってのに大入り満員だ。鼻孔に侵入して来た煙の中に、おれはＮＳＤ（ノー・スメル・ドラッグ＝無臭麻薬《ドラッグ》）の匂いを嗅いで少し驚いた。一週間前に香港の麻薬組織が開発したばかりの麻薬が、もうアメリカの首都に広がっているのだ。成程、昼間から客が押しかけるわけだ。香港製の麻薬はアメリカでも人気がある。習慣性が弱いのに、脳にびんびん効くからだ。しかも——これが最大の利点なのだが——血液検査で発見しにくいのだ。

「何だ、こいつら?」

背後でパイクが剣呑《けんのん》な声を上げた。

「よして下さい」

とおれは小声で言った。

遅かった。客もホステスもバーテンも、凄まじい眼つきでおれたちをねめつけたのだ。

「ハーイ」

おれは、最高に親しみやすい笑顔を作って、右手を上げた。最新の心理学を取り入れた作り笑いだ。麻薬でイカれた客どもの表情が和らいだ。

おれは素早く愛美を捜した。かなり広い店だ。半分くらい確認したとき、邪魔が入った。

「おい、ジャパニーズ・ウーマンは何処にいる?」

パイクがでかい声を張り上げた。しかも、威圧感満々だ。

嘆息する暇もなく、パイクの顔面へビール瓶が飛んで来た。

素早く受け止め、おれは近くのテーブルでビールを飲んでいた客のジョッキに注いだ。

「どうも《サンキュー》」

「何の何の」

おれはパイクに跳びつこうとしたが、遅かった。

どいつが投げたのか、パイクは見抜いていたに違いない。

左手にぶら下げたビニール・パックの口が自動的に開くや、空中を黒いドミノが倒れ走った。

金髪でペイント刺青だらけの若いのが、ぎゃっと頭を抱えてのけぞった。

客が全員立ち上がってこっちを見た。手もとで派手な音と光が散った。酒瓶をぶち割り、ナイフを閃《ひらめ》かせたのだ。やれやれ、安物拳銃《サタデイ・ナイト・スペシャル》までありだ。

「来い、チンピラども」

パイクが分厚く広い胸を叩いた。こいつ、喧嘩がしたくて来たんじゃねえのか。してもいいが、後にしろ。

客たちが手に手に即席の武器を手に突進して来た。

黒いすじが、そいつらを迎え討った。

煙草の紙ケース・サイズの黒い金属板の列だ。それがタコかイカの脚みたいに滑らかにのびて、敵の顔面を砕き、胴に巻きついて肋骨をへし折り、別の客を窒息させた。

ぶん投げられて、カウンターの向うの酒棚に激突した奴もいる。

「こん畜生《ガッデム》」

ひとりが立ち止まって拳銃を向けた。急に硬直した。自分を待ち構える黒い鉄の脚に気がついたのだ。

黒い板が何百枚も接着し、カチカチとうねくり、男をたぐり寄せようとする一ダースもの触手——それは、パイクの下げたビニール・パックから這い出ていた。

銃声が店内に広がった。

ベレッタM92Fの九ミリ・パラベラム弾は脚の一本に命中して難なく弾きとばされ、別の一本に腰を巻かれた男は、天井高く持ち上げられるや、奥まで放り投げられていた。

テーブルを二つぶち壊して床に叩きつけられたそいつのそばに、おれは目的のものを見つけた。

「愛美!」

ひと声上げてから、異変に気がついた。愛美は、この騒ぎのど真ん中にいながら、今、すぐ横に吹っとんで来た男の方を見もせずに、隣りの席の女と話し合っている。

おれやパイクより大事な相手か。

ピン、と来た。

まさか、そいつも。

愛美の話し相手は、二十五、六——ラテン系の美女だ。派手な付け睫毛《まつげ》と、たっぷりとどぎついルージュを塗った厚い唇が、ぞくぞくするくらい色っぽい。しかも、深紅のドレスの前は大胆に盛り上がり、浅黒い両腕は剝き出しだ。ミニスカートから生々しく剝き出された太腿など肉感的もいいところだ。だが、愛美と何してやがる?

疑問は右から突進して来た殺気が消した。ガスタンクみたいなでぶは、体当りかませば手にした割れたビール瓶など不必要に見えた。

おれは素早くそいつの胸もとに跳びこみ、肩を固めるや、五メートルも向うへぶん投げた。

「あれ」

声が出た。今のでぶが最後のひとりだったらしい。他はみな、思い思いの場所で思い思いの格好で失神中だ。手足や首があらぬ方向へ曲がっているのがほとんどだが、何とか呼吸はしてる。

残る客は、愛美とラテン系グラマーだけだ。

——まずい
パイクは興奮してるに決まってる。宿縁の相手と会ったとき、冷静でいられるかどうか。

おれの頭上と両サイドを、黒くて長い長方形の連なりが、カチカチとのびていった。

愛美の方へ。

「やめてくれ！」

おれは触手の中心に叫んだ。

「NOだ」

パイクの声は虚ろなくせに、しっかりしていた。くそ、統一せんか。

「わかりかけて来たぞ。その女——襲撃者だ。生かしてはおけん」

「襲撃者って何です？」

「わからん。だが、殺す」

「そんな無茶な」

とは言ったものの、これも想定内だ。しかし、一歩進んだのは確かだ。襲撃者たあ何者だ？

「よせ、やめろ」

両手をふり廻しながら、おれは愛美の方を向いた。

うわ。二人してこっちを見てやがる。無表情だが、敵意満々なのはわかった。愛美も気がついたのだ。

「暴力はよせ」

おれは叫びながら、愛美に走り寄った。

黒い触手は、その顔前二メートルほどに迫っている。

グラマーが前へ出た。

触手が止まった。こりゃ驚いた。

パイクの野郎、何を感じたんだ？

だが、それも束の間、触手はたちまち前進を再開した。

おれは左手首をこねた。スイッチＯＮ。腕時計型モジュールのカバーがせり上がって来る。

目下のモードは神経麻痺音波銃《パラライズド・ソニック》だ。

だが、案の定、金髪のラテン系は、ただのグラマーじゃなかった。

右手をふり上げるや、豊かな胸のふくらみに拳を叩きつけたのだ。

おお、揺れた！

そればかりじゃなかった。眼には見えない波のようなものが前方へ広がり、おれと触手を直撃した。

波と言ったが、確かに衝撃波だ。それは、物体に触れた刹那《せつな》、凄まじいパワーを発揮した。

「わわわ」

と口を衝いたのは、ドアを突き破って店の外まで放り出されてからだ。ジルガの受身は取れたが、液体装甲をスプレーしていなかったら、身体中の肉と骨と内臓が、ぐずぐずのミンチと化していただろう。

店内に残った客やスタッフのことをちらと考え、少し胸が痛んだ。

おれは、しかしすぐに立ち上がって、店内へと走った。

幸い、床の上の連中は無事だった。愛美はグラマーのかたわらで、こちらを見つめている。

とりあえずは無事だ。

パイクはドア近くにひっくり返って天井を仰いでいた。パックからこぼれた触手は、しくじったドミノみたいにバラバラだ。

なお立ち尽すグラマーへ、

「おれは、その娘の連れだ」

と叫んだ。

「日本から観光目的で来た。返してもらいたい。あんたのことは、誰にもしゃべらない」

「この娘の連れ？」

グラマーの眼が光った。

「なら、放ってはおけないわね」

え？

と思った。女の両眼にはっきりと殺意を認めたのだ。

まさかと思ったが、やっぱりこのグラマーは？

背後でカチカチという音がした。金属が打ち合っている。

おれの頭上と左右を、黒い触手が二人へとのびていった。

パイクめ、もう復活したのか⁉

「あーら、何処のどなたか存じ上げないけれど、さすがアメリカ人ね、タフなこと」

「邪魔をするな、移民めが」

背中に空気圧がぶつかるのを感じて、おれは伏せた。床の上で見た。愛美とグラマーの全身に、鉄の触手が巻きつくのを。

「くたばれ！」

触手が狭まった。

いかん、愛美が握りつぶされる⁉

ダッシュしようとした刹那、死の腕は弾けとんだ。四方に飛び散った破片のひとつが、眼の前の床にめりこんだ。

豊かなバストを誇示するように胸をそらせ、グラマーは艶然と笑った。

「あたしは、クラウディアよ」

こっちは、ひっくり返ったまま、

「パイクだ」

名乗り合ったのは礼儀じゃあるまい。ここで相手を必殺する決意を示したのだ。

鉄の締め技が効いたのか、愛美はぐったりと床に倒れていた。

こうなりゃ、早いとこ戦ってくれ。狙いは共倒れだ。

「今度こそ、あたしの胸に抱かれて眠りなさい」

クラウディアが妖しく偉大なふくらみを両手で持ち上げた。

「今度は、あなたの心臓《ハート》を一撃よ」

おれにもしてくれ、と言いたくなったが、それどころじゃない。おれは神経麻痺音波銃を嵌《は》めこんだ左手をのばした。

一瞬遅れた。

伏せたおれの頭上を、確かに絞りに絞った指向性衝撃波の波がパイクへと走った。しかし、こんなおっぱい兵器、どんな神経の奴が造り出したんだ？

クラウディアの表情が変わった。仕留めた狩人の歓喜など影も形もない。驚愕のそれだ。

ふり返って、おれも驚いた。おれとパイクの間に一メートル四方ほどの黒い障壁《バリヤー》が立ちはだかっているじゃないか。クラウディアの武器はこれで防がれた。

こんなもの何処から——と頭をかすめたが、考える必要はなかった。触手だったドミノが分解して、盾になったのだ。

次の瞬間、盾はみるみる形を変え、長方形の胴の両側に稼動部を取りつけた小型車輛《ビークル》と化した。

滑らかな曲面が、おれの眼を引いた。

あの破片を千個くっつけてもこうはならない。さらに微細化し、くっつけたのだ。ミクロ単位の四角形なら、おれたちから見れば滑らかな球面だ。

SF映画に、日本の変形ロボット玩具を実写化した「トランスフォーマー」というのがあるが、この金属片はあれより一億倍も細かい分解と組み立てが可能なのだ。

「おまえのおっぱいぶるんはもう効かん」

盾の向うから、パイクの声がした。自信満々の声だが、芯がない。かなりグロッキーらしい。

それでも弱味は見せず、

「では、行くぞ——」

もう止まらない。半ばやれ、やれ、半ばにんまりが正直な心境だ。

おれは両サイドに投げ出した腕に力をこめ、「ジルガ」の〝集合呼吸〟を使った。

一瞬――〇・一秒の間に肺いっぱいに空気を満たし、吐き切る。全身の筋肉に爆発的なパワーが宿り、放出するのだ。〇・一秒間で、おれは時速三百六十キロのダイブを敢行《かんこう》した。

愛美の右横の壁に激突する寸前、彼女を横抱きにする。人間でも時速三百六十キロ――秒速百メートルでぶつかりゃ、相手も自分もぺしゃんこだ。

だが、ぶち壊れたのは壁の方で、おれは、奥――オフィスらしい部屋へ突き抜けた。安っぽい漆喰《しっくい》だというのは、はじめて見たときから承知の上だった。

「大丈夫か？」

愛美に訊いた。

虚ろな表情がこっちを見たきりで、何も言わない。薬を服まされたか術にかかっているのだ。

横抱きにしたまま立ち上がり、ドアの方へ走った。

ドアに辿り着いた瞬間、店側の壁が爆発した。

クラウディアと、ドミノ製戦闘車輛が突っこんで来たのだ。

車体から出た蟹《かに》そっくりのハサミが二本、クラウディアの首と胸にかかっていたが、ちょっと身体を震わせるや、霧状となって消えた。

うお。衝撃波の余波を食らった液体装甲が悲鳴を上げてやがる。今回のアメリカは、化物横丁に飛びこんだ気分だぜ。

鈍い衝撃音が連続した。クラウディアの全身に黒いドミノが射ちこまれたのだ。パイクの戦闘車輛の胴体が、虫に食われた葉っぱみたいに欠けていく。

百発二百発——いや、千発二千発。ほとんど無限に近い弾丸を射ちこまれても、クラウディアは一滴の血も流さなかった。

顔面をカバーしながら、ふっと息を吐いた。

車体の半分が消えた。

もうひと息。

残る車体が壁となって弾き返したものの、中央に拳大の穴が開き、そこからパイクの苦鳴が聞こえた。

別の音も——店の外から放たれたそれはパトカーのサイレンだった。

「決着は後よ」

クラウディアが向きを変え、おれの方を見た。

「あんたも厄介そうね」

言い放って奥の壁へと走り出す。触れた、と見えた瞬間、壁には巨大な穴が開き、クラウディアの姿は何処にも見えなくなった。

第三章　守り人

1

パイクは？

おれの眼の前で、車体が崩壊した。

残ったものはドミノの山である。

あらあと思ったら、ざらざらとそれを押しのけて、パイクが姿を現わした。無事だったらしい。クソー。

「大丈夫ですか？」

おれは駆け寄って、さも心配そうに訊いた。

「――何とかな。だが、重傷だ。あのあま《ビッチ》、とんでもねえ力を持ってやがる」

「それは、あなたも。いや、驚きました。祖父《じい》さんも只者じゃなかったけれど、お友達も凄い」

パイクは顔を歪《ゆが》めた。喜んだのか、苦々しく思ったのかはわからない。

「とりあえず、ズラかろう」

「イエッサ。でも、あなた面が割れてませんか？」

「こういう状況に慣れてる物言いだな」

「と、とんでもない」

「まあ、いい——乗れ」

「え？」

何もかもバラバラのはずだ。

手もとの破片をひとつ摑むや、パイクはそれを爪先の方へ投げた。

落ちたところから、猛烈な動きと音が生じた。残った数千のドミノが、カチカチカチとつながって、何かを組み立てていくのだ。

五秒と経たないうちに、おれの眼の前には、ハーレーの一五百ccもかくやという大型バイクが出現していた。

パイクはすでにハンドルを握っている。しかも、ゴーグルと黒いつなぎの上下に、ブーツと来た。どれも、粉状のドミノから出来ていると言っても信じる奴はいまい。

「早く乗れ。その娘もだ」

「イエッサー」

こういうときは便乗がいちばんだ。おれは愛美《まなみ》を背負って、バックシートに座った。

「オッケー」

肩を叩くや、驚くなかれ、即席ハーレーは、エンジンの轟きも揺れさえもなく、凄まじい勢いで、グラマーの後を追うように破壊孔をくぐり抜けた。

廊下だ。どっちかへ抜けるかと思ったら、おっさん、そのまま前方の壁めがけて――大した衝撃もなく、あっという間に外へ出たおれたちは、敷地内へ入りこんで来たパトカーを尻目に道路へと跳び出し、時速二百キロ超えで、東の方へ走り出した。

「どちらへ？」

ごおごおと鳴る風に逆らって、一応訊いてみた。

「医者のところだ。三分で着く」

三車線の道路の真ん中を、左右ぶっちぎりで走り抜け、パイクの言葉どおり三分ジャストで、おれたちはダウンタウンの片隅に建つ小さな医院の駐車場へ走りこんだ。

「ジェーン・カナリー医院」

と看板が出ている。

パイクは悠々とバイクを下り、玄関ではなく裏口へ廻った。

違法医院かと思ったが、そんな風でもない。

とても通り抜けられそうにない小さなドアのブザーを押すと、少しして、白髪の女性が顔を出した。パイクとバランスを取るみたいに痩せているが、厳しい顔つきや貫禄からしてジェーン院長だ。でなきゃ、こんなに白衣が似合わない。

院長はおれの足下を見下ろし、

「パイクね、どうしたの？」

「今、急にへたりこみまして」

とおれは答えた。

「ブザー押した途端にばったりと」

「またか」

しょっちゅうやらかしてるらしい。

「待ってて。今、人を呼ぶわ」

「あ、大丈夫っすよ。こっち頼みます」

背中の愛美を下ろした。何とか立てるようだ。院長に預け、おれはつぶれたパイクの襟首《えりくび》と左手を摑み、ひと呼吸《いき》で立ち上がらせた。

院長が、OH、と眼を見張った。

何とか裏口を抜けて、廊下を通る間、院長は診察室を空けておいてくれた。

ベッドに横たえると、

「音ひとつ立てないわ。これ、日本の忍術？」

あまり日本に詳しくないようだ。忍術はひと昔前の忍者映画の影響だろう。

おれはイエスイエスと応じてから、

「付き添ってもいいですか？」

「勿論よ。そちらのお嬢さんは病室へ寝かせておきましょう」

看護師を呼んで、愛美を連れていかせると、診察にかかった。つなぎはどうするのかと思ったら、自然に前が開いた。院長は表情ひとつ変えない。慣れているのか。

その顔を見ているだけで、こりゃアカんな、と思った。

果たして、聴診器を置いた院長の表情は、重い翳《かげ》に覆われていた。何百回となく見て来た顔だ。

「先生《ドクター》」

と声をかけたのは、パイクだった。

「いよいよかい？」

穏やかな顔だ。静かな眼をしてる。青い瞳が院長を映していた。

その手の甲を軽く叩いて、

「そうね」

と院長はうなずいた。

「長いこと世話になったな。安らかに逝《い》けそうかね？」

「大丈夫よ」

院長はやさしく言った。

「きっと、天国に行けるわ」

「そいつぁ、しめたもんだ。Ｖサインだぜ」

にやりと笑ってから、

「済まんが、そっちの若い《ボーイ》のに話があるんだ。外してくれや」

「はいはい」

怒った風もなく、院長は部屋を出ていった。本当にダメらしい。

「今、やっとわかったよ、兄ちゃん《ボーイ》、あの娘《ベイビー》はどうした？」

「隣りにいます。連れて来ましょうか」

立ち上がるのを止めて、

「いや、いい。まだ気がついていなきゃ、ショックが強すぎるかも知れんしな。おまえがいいと思ったら伝えろ」

「はい」

「ただの観客ボーイじゃないのはわかってる。南波の孫てのは本当か？」

「ＮＯです」

「だろうと思った。いくら南波でも、おまえみたいな桁外れの親類がいるわけはないからな。おれの倅《せがれ》に欲しいところだ」

「どーもどーも」

不意に、パイクの顔が苦痛に歪んだ。

「こいつは思ったより……早そうだ」

「先生を呼びます」

「放っとけ。あの女にゃ世話になりっ放しだ。最後の最後に驚かせたかねえ」

「わかりました。で？」

「おお、仮面《マスク》を脱いだな。いい顔だ。これなら何とかなるかも知れん——あの娘、おまえの彼女《スイートハート》か？」

「とんでもない」

「まあいい。よく聞け。おれは普通の人間じゃない」

んなことわかってるよ、と思ったが、口にはしなかった。

「物心がついたときから、自分は他人と違ってると感じてた。今考えると、役目《ジョブ》があったんだな」

「役目？」

「任務《ミッション》といってもいい。遠い遠い昔、この地球へやって来たエイリアンの遺産を守ることだ。

おれも含めて、世界中に七人散らばってる。南波を抜かしゃ六人だ。じき五人になるな。さっきの女《グラマー》も、そのひとりだ」

「世界中にしちゃ、狭くないか？」

当然の問いに、パイクは薄く笑った。

「多分、観光に来てたんだ。バーにカメラが残ってたろ。そこで、あの娘に出くわしちまった――というより、どっちかが、或《ある》いはどちらともなく呼び合ったんだろう」

「ふーむ」

「驚いてねえな。こりゃ驚きだ。おまえ――慣れてるな？　だとしたら、只者じゃねえ。なあ、本名は何てんだ？」

「八頭大。ミスターは要らないぜ」

はっきり言おう。死の翳が覆いはじめたパイクの顔に、生気が甦った。原因は驚きだった。

「あんたが八頭大か……世界最高のトレジャー・ハンター……ひと眼見たときから只者じゃないのはわかってたが……会えて光栄だ」

手が上がった。おれたちは握手を交わした。ごつくて固い手だった。力だけが欠けていた。

「八頭大なら……どんな話を聞いても驚かねえはずだ……いいかい」

彼は唇を舐《な》めた。

話は以下の如《ごと》しだった。

恐竜すら存在しない十億年も昔、地球には、もう塵《ちり》ひとつ残っていない〈先住民〉が高度な文明を誇っていた。どんなに高度かというと、〝星の間を渡る鳥〟を作って、地球と金星、火星との間を往来し、もうなくなった冥王星の氷の大地にも基地を建造したほどだった。

そこへ、アルデバランの方角から、エイリアンどもが押し寄せて来た。こいつらは他生物の根絶やしを目的とする最凶の種族だった。それまでも兆を超す数の絶滅を成し遂げていたが、〈先住民〉は互角に戦える文明を持っていた。他の文明の力ではついに破れなかったエイリアンたちの防禦帯《バリヤー》は貫通され、分子が原子と等しい構成の絶対金属の装甲は、瞬時に溶解した。

エイリアンが最後にとった手段は、地球の破壊だったが、〈先住民〉は地球自体を、百万の銀河の航法エネルギーから作り出したバリヤーで包み、見事に切り抜けた。

だが、敵も強力だった。

戦いは相討ちに終わったといっていいだろう。

エイリアンは壊滅させたものの、〈先住民〉の文明も破壊し尽され、未来への発展は不可能となった。

「そのとき、一機だけ……エイリアンの戦闘機が地表に残っていた。その忌わしい乗り物の名は、今の言葉に直せば『復讐』。エイリアンたちが滅びから逃げられないとわかったときまで温存され、稼働する破壊兵器だった……」

パイクの口調は微風にそよぐ笹の葉のようだった。

「しかも、わかるか……エイリアンどもの敗北が決定したとき、奴らは『復讐』を作動させたが、その設定時は――現在《いま》だった。わかるか、八頭大？　奴らは相討ちになった〈先住民〉にとどめを刺すことなど考えなかった。その当時、すでに生命を得て、やがてこの星に繁栄する新しい文明を狙ったのだ」

「わお」

おれは肩をすくめた。そう言うしかなかった。なんて根性の悪いエイリアンだ。その知能、その科学を他生物の絶滅にだけ駆使するってだけで、オイオイなのに、破滅の先から生まれて来る新しい文明を見越して、死神をセッティングするとはよ。

「その時代、今では誰も知らないが、すでに哺乳類の祖先は地を蹴っていたのだ。それが果てしない歳月の果てに、人間に進化することを、彼らは見抜いていた。来るべきときに動き出すまで、な」

「そのやらしい宇宙船は何処《どこ》にあるんだ？」

おれは声が震えているのを意識した。こんな凄い話、久しぶりに聞いた。この地球の何処かに眠っているエイリアンの船ってだけで凄まじい宝なのに、それが地球を破滅させると来た。その前に手に入れ、機能を破壊する必要がある。宝は手に入れても地球がなくなったら何にもなりゃあしねえ。ああ、血が騒ぐ。

「その戦闘機は何処に眠ってるんだ？」

パイクを刺激しないように訊いてみた、

「おれにもわからねえ。他の六人にもな――いや、南波もやられたから、あと五人か。なあ、おれはこの頃になってようやく、静かに年食って死ねるかと思いはじめてたんだ。あの女――さっきの女も他の連中も同じだろうぜ。だが、南波はあの娘と会っちまった。となれば、あとは『復讐』のプログラムが作動するしかねえ」

「あの娘の役目は？　あんたたち〈守り人〉とは敵対してるようだけど」

「あれは〈先住民〉の破壊プロジェクトさ。彼らはエイリアンを撃退したものの、自分たちも長くねえと気づいていた。恐らく『復讐』機についても知っていたに違いねえ。そこで、これまた哺乳類のＤＮＡに、『復讐』を殲滅させるための〝任務〟を埋めこんだんだ」

それが愛美か。それも薄々感じてはいたが、そんな大物だったとは。

「そっちは都合六人――こっちは何人なんだ？」

「おれの知る限りは、ひとりだけだ」

じゃあ、世界を救えるのは愛美きりってか。さすがに、隣りの壁を眺めちまったぜ。おれの同窓生に、そんな大物がいたとはな。

「他の連中は、そのことに気がついてるのか？」

「いいや」

パイクは否定した。

「おれやクラウディアが気がついたのは、あの娘と出会ったからだ。他の〈守り人〉は今頃、何も知らずに平凡な日常生活を送ってるさ。或いは覚醒したかも知れんが……まだボンヤリとか、何となくくらいだろう」

「あれか、南波とあの娘が出くわさなけりゃ、何事もなかったのか?」

「そいつはわからねえ。『復讐』の作動時刻は今だったのかも知れん。そう思え。だとしたら、二人が出くわしたのは幸運だ」

「そうするよ」

おれはパイクの手をもう一度握りしめた。パイクは何故か、皮肉に笑った。

「なあ、『復讐』の隠れてる地点――ヒントでも教えてくれないか?」

「よせよ。おれは〈守り人〉だ。敵の片割れに教えるわけがねえ。たとえ知っててもな」

「どうすりゃわかる?」

空しい問いだとは思わなくもなかった。ところが――

「〈守り人〉を全員斃《たお》したときだ。彼らのところへは、あの娘が連れていってくれるだろう。確証はねえが、そんな気がするぜ」

「よく教えてくれた。感謝するぜ」

「あの娘――長く保ちゃしねえよ。他の五人はみんな、おれや南波以上の力を持ってる。返り討ちに遇うのが関の山だ」

「そうはさせん」

おれはパイクを見つめた。

年取った岩みたいな顔に、一瞬、凄まじい憎悪が走った。おっさん、愛美の敵なのだ。しかし、それはすぐ、死にゆく者の穏やかで苦しげな表情へ変わった。

「ま、しっかりな」

こう言った途端、顔はみるみる土気色に染まった。生気が眼の奥に引っこんでいく。干からびた厚い唇が、笑いの形にひん曲がった。にっこりではなく、にんまりだ。

「いいことを教えてやろうか？」

もう蚊の鳴くような声だったが、おれは身を乗り出した。

「是非是非是非」

「内緒だ」

そして、こと切れた。

最後まで食えねえ爺いだ。

だが、おれの胸は少し重くなっていた。爺さん、おれとは敵対しなかったのだ。

おれは部屋を出て、隣室のドアを叩き、現われた院長にパイクの死を伝えた。

医者は死を見慣れている。院長は無表情に、そう、と言ったきりだった。

2

それでも早足で診察室へ入り、看護師を呼んでからパイクの脈を取り、瞳孔を調べて、死亡時刻を告げた。

「付き合いやすいおっさんじゃなかったわよね」

戸口のおれに訊いた。おれは愛美の安全を確かめてから、そこへ戻っていたのだ。

「いえ。人のいい優しい小父さんでした」

とおれは答えた。正直な感想だった。

「そう。良かったわ」

「お友達で？」

「うちの常連よ。背骨に古い傷があって、しょっちゅう来ていたわ」

「痛かったのは本当？」

「どうかしら。医者は患者の言うことを聞いてあげなくてはね。痛いと言うから痛かったのでしょう」

おっさん、嘘をついてたな。ここへ来たかっただけだ。そうすれば院長に会えるから。

「そうですね」

おれはうなずいた。

「それじゃあ、僕はこれで」

「待って——彼の死の前後の状況を聞いておかなくちゃ」

通りを歩いてたら、この病院の前に倒れてた、それだけです、とおれは答えた。院長が納得したかどうかはわからない。しかし、彼女はうなずいて、

「わかりました。ありがとう」

と言った。

おれは愛美の診察も依頼したが、これは予想どおりの失敗だった。

「どうしても意識が戻らないわ。催眠術か何かにかかっているようよ」

「じゃ、そっち方面を当たってみます」

おれは礼を言って病院を去った。

タクシーでホテルへ戻り、部屋ですぐ愛美にジルガの破幻法をかけた。催眠術を含む精神的呪術を破る技だが、いつもの即効ぶりが嘘のように効かない。こいつは厄介だぞ。

だが、様子を見ていると、三分ほどして眼に意志の力が宿りはじめた。効果はある。ただし、時間がかかるらしい。

およそあと十分。じっくり待つしかないか。

窓の外は闇が迫っていた。

腹が減ったので、ルームサービスでもと電話に手をのばしたら、向うから鳴った。

フロントからだった。

「日本人のカップルがいないかと、電話がありました」

「男？」

「女性です。いらっしゃいませんと言ったら、すぐ切れました」

「チェックアウトを頼む」

おれはそう伝えて電話を切った。

ワシントンじゃ最高級のホテルだから、若いカップルじゃあと、弾《はじ》くかも知れないと思っていたが、敵も甘かない。

フロントに渡した一万ドルが効いたらしい。千ドルでも受け取らない最高級ホテルのフロントも、万単位の情報提供料なら、お任せをというわけだ。

おれはすぐ用意を整え、愛美に立てるかと訊いた。

「大丈夫」

おお、返事が出来る。動きはまだまだだが、何とかなりそうだ。

荷物は最小限だから、すぐに準備は整った。

「行くぞ」

と愛美に声をかけた。返事があるとは思わなかった。

「来るわ」

と言われても、おれは驚かなかった。

早すぎるが、よくあることだ。敵はもう、あのバーで愛美と感応していたのだ。

「何処にいる？」

と訊いたとき、電話が鳴った。

フロント係だった。

「今、仰ってた女性らしい方がお見えになりました。ええ、服装もカメラもそのままです。真っすぐエレベーターの方へ」

わわわ、もう来たか。

ここまで早けりゃ、電話なんかかけるなと言いたいところだが、向うの感応力も完全じゃないのだろう。パイクがすぐ太古の出来事を思い出さなかったように。

ハイヒールの足音が廊下をやって来てドアの前で止まったのは、二分後だった。

どう来る？

いきなり、ドアばたんか？

チャイムが鳴った。

「開いてるよ」

英語で言った。

ノブが廻った。凄みを利かせて、じわじわと開いたりしなかった。普通に開いて、普通に、

「失礼するわよ」

エクスキューズ・ミーと入って来た。

「どーも」

おれは笑顔を作った。

しかし、どえらいグラマーだ。乳房は大きすぎず、腰のくびれは細すぎるほどで、身長の七十パーセントは脚と来た。ラテン系には、色気と美貌とボディが超弩級のヤラシイ組み合わせが時々いるが、眼の前の女がそれだ。

女はドアを閉め、

「名前はもう知ってるわね？」

「あい。おれは八頭大。よろしくね」

といちばん可愛いと評判の笑顔を見せた。

「若い頃のウエキに似てるわね。素敵よ」

ウエキ？ ミフネの間違いじゃねえのか？ おれの知ってるウエキは、植木屋か「スーダラ節」の歌手だ。冗談じゃねえ。

「ま、こちらへ」

おれは背後の五十畳はある豪華リビングへ誘ったが、女――クラウディアは首をふって、

「あの娘を引き渡す？　それとも連れていってもいい？」

「あんた次第だ」

「どういうこと？」

「大体の事情はパイクから聞いたが、あんたと彼以外の〈守り人〉の居所が知りたい」

「余計なことを知ってしまったわね。でも、少しも怖がってないし、莫迦《ばか》にもしていない。あなた、何者なの？」

「宝捜し屋《トレジャー・ハンター》さ」

クラウディアは眉を寄せた。

「へえ」

いかがわしいものを見るような眼つきになった。

「あんた、職業は？」

「ナポリのパン屋よ」

なら、知らねえのも無理はない。

「国へ帰って、仕事をしろって」

「そうしたいけど――〈襲撃者〉も眼醒めてしまっては、もう手遅れよ。あたしたちが知らん

顔してても、あの娘の方からやって来るわ」

「おれは、それを何とかしようとしてるんだ。あの娘《こ》は実は高校の同窓生でな。人殺しなんかさせたくないんだよ」

　クラウディアは首をふった。

「無理よ。あたしたちの力じゃもうどうにもならないわ。超古代の意志が支配しているのよ」

「それがどうした？」

　おれは、はっきりと嘲笑《あざわら》ってやった。

　クラウディアは眼を丸くした。

「あなた、宝捜し屋って——高校生のくせに？　一体何者よ？」

「宝捜し屋だよ。ただし、超難度専門だけどな」

「とにかく、あの娘を渡しなさい」

「条件を呑むかい？」

「可愛くない餓鬼ね」

「はーい」

　おれは左手を上げた。

　瞳を動かさず、クラウディアの右斜め後方の壁を見つめた。

　そこに貼りつけた〝麻痺ピン〟から放たれた不可視のビームが、グラマーの首すじに当たった。

3

クラウディアはがっくりと膝をつき、横倒しになる寸前で、かろうじて持ちこたえた。大したものだ。何食ってやがる？

今の麻痺線を食らったら、鮫《さめ》でも浮かぶぞ。しかし、二発目は――

少しいい気になっていたらしい。

眼の中で、クラウディアの豊かなふくらみが、かすかに揺れた。

危《やば》っ、と思ったとき、おれの身体は宙を飛び、二つある寝室のドアの片方をぶち破って、床に叩きつけられていた。

すぐに跳ね起きたが、液体装甲がなかったら、骨はバラバラ、内臓はぐちゃぐちゃ間違いなしだ。女からおっぱいを取り外してしまえ――って、勿論、そんなことを言い出す奴がいたら、真っ先に反対するぜ。

戸口の向うにクラウディアが見えた。もうひとつのドアへと向かっていく。やはり嗅《か》ぎつけられていたか。

走り出そうとした瞬間、クラウディアの身体が止まった。

これまた壁に貼りつけておいたバリヤー・ランチャーの張った力場に絡め取られたのだ。効果は数分だが、その間はミサイルの直撃も、戦車の進行もストップさせられる。

もう一発、麻痺線でいける。

だが、クラウディアは一歩後退して、いきなりブラウスごとブラジャーを引き裂いた。

どん、と出た乳房の見事なこと。一瞬、我を忘れ——しまったと思った。

ブラで押さえてあれだけの衝撃波を出せるのだ。それが生となれば。

麻痺線と衝撃波のどちらが早かったかはわからない。全く同時だったろう。

クラウディアはよろめき、バリヤー・ランチャーには赤ランプが点った。エネルギー切れだ。力場が消滅するのをおれは感じた。なんてパン屋だ。

クラウディアはふり返った。

胸が揺れた。

ピン・バリヤーが吹っとぶ。

おれは左手を上げて、音波衝撃銃の狙いをつけた。

発射する寸前、クラウディアの表情が変わった。

反射的に、よせ！　と叫んでおれは跳び出した。

もうひとつの寝室の戸口に、愛美が立っていた。

ひと眼でおかしい、とわかった。まだ完全覚醒といかないのに、完全な敵意が感じられた。

「よせ！」

おれは二人の間に跳びこむと同時に、音波衝撃を愛美に送った。遅くはなかったが、早いともいえなかった。

全身に切り裂くような痛みが走った。液体装甲が灼熱する。クラウディアが来る前に、新しく吹きつけておかなかったら、それも倍の量にしておかなかったら、おれも南波の息子たちみたいに灰と化していただろう。

液体装甲が乾いた粘土みたいに剝《は》がれ落ちていくのを感じて、おれは戦慄した。

愛美はその場に倒れていた。

大急ぎで駆けつけ、抱き上げた。ドアの方に動きがあった。クラウディアがいない。

こっちの狙いはアウトだが、灰になるのを防げただけいいか。

とりあえず、愛美を寝室へ運んで寝かせ、ジルガの覚醒法を使った。

のんびりとは出来ない。クラウディアの攻撃は、じきに再開されるだろう。

いやいや。立場からすると、愛美が先手を打つはずだ。

腕時計がピーと鳴った。この音は、国際ニュースのセレクトだ。世界中に散らばせてあるマザー・コンピュータから、おれがインプットした条件に合うニュースが、腕時計に送られて来る。

海底火山の爆発やら、砂漠の大竜巻やら、人知れず山奥に落ちた隕石やら、獣たちの暴走やら——今回は、北アフリカ—サハラ砂漠のどまん中で生じた大地震だった。

マグニチュードは八・九。史上最大クラスじゃないか。

関東大震災で七・九、東北地方太平洋沖地震――いわゆる東日本大震災で九・〇だった。

ピンと来た。

これか。

だとすると――

ベッドの上で愛美の起き上がる気配がした。

虚《うつ》ろな視線を宙に据え、無言の行だ。おれには、話が変わるという予感があった。

「現われた……BBB……破壊しなくては……ならない」

「あの下か？」

とおれは訊いた。

「そうだ」

愛美はうなずいた。

「よし、すぐにアフリカへ行こう」

おれは、アベ・マリアを歌い上げる心臓を抑えながら言った。

「まだ早いわ」

愛美は虚ろな声で言った。

「地震が起きたのは、南波が死んだからよ。パイクの分は次に起きる」

「ますます、お宝――いや、ＵＦＯが近づいて来るなあ」

「さっきの女と合わせて、〈守り人〉はあと五人。みな片づけない限り、あれの在《あ》りかはわからないわ」

「そいつらは何処にいる？」

「わかるわ」

「え？」

視界は愛美の顔で埋まった。

「でも、まだひとりだけだけど――場所はタヒチの東にある小さな島よ。ナラコクト」

その日のうちに、おれは空港へ駆けつけ、私用のジェット機ラドクリフＶ６－ＳＥで、南海の孤島を目指していた。

つぶれかかっていたが、ジェット機の製造技術ではボーイングにもエアバスにもひけを取らない民間会社を丸ごと買い取って、専用の小型ジェット機を作らせた。金に糸目はつけず、好き放題をやらかしたものだから、いや乗り心地のいいこと。小さな機体に似合わない大型のイオン・エンジン三基は、平均時速二千五百キロ――約マッハ二。燃料の積み替えなしで地球を十周できる。

最大速度時速三千七百キロ――マッハ三で大気圏外を飛ぶから空気抵抗もなし。三時間とかけずに、ナラコクト島の海岸付近に着陸した。空港などないし、隠密飛行だ、着陸にはラドクリフに装備した垂直離着陸機能を使った。

岩場だらけの、滅多に人の来ない海岸を選んでおいた上、おれはカモフラージュ・シールドも併用した。

機体表面に噴霧《ふんむ》した画素体は、周囲の光景と色調や輝度を合わせ、あらゆる条件が適合すると同時に、物体を忽然《こつぜん》と視界から消滅させる。

おかしな奴が近づいたら、常時作動中の三次元フェース・レーダーがおれに知らせ、必要とあれば、いつでも離陸可能だ。

おれたちは機内で作製した偽造パスポートを手に、ラドクリフを下りて、イオン・スクーターを組み立てた。

走行原理はラドクリフと同じで、時速三百キロまでいける。一見、金属板と円筒を組み合わせただけだが、自動操縦装置もついていて、急カーブの連続する山道でも安全走行できるし、リモコンで呼ぶことも可能だ。

十五時過ぎで、空は晴れ渡っている。

直径十キロの小さな島だ。道路もろくに舗装されてないし、七つばかりある集落を廻るバスの便も極端に少ない。

中心部のソロコタ区までは、十分で着いた。

良くも悪くも小さな島の中心部だが、それなりにビルもあるし、役場と病院、警察も揃っている。

だが、おれたちは中心部を真っすぐに抜けて、島の北にそびえる「物見ヶ丘」の下にある一軒家へ向かった。

白い漆喰《しっくい》の平屋だ。

こんなところに、地球を破滅させるモンスターの〈守り人〉がいるとは信じられない——とは思わなかった。信じ難い出来事には山ほど遭遇してる。今、ここから、ゆきが出て来ても、おれは驚かんぞ。

愛美が気がついたんだから、向うも〈守り人〉としての自覚はあるはずだ。

チャイムを押してみた。

応答はなかった。ドアにはロックがかかっている。

「留守かね」

「いえ、いるわ」

硬い声で否定するや、愛美はドアのてっぺんに片手を置いた。

バンと倒れた。

「無茶するな——約束だぞ」

おれは声をひそめて喚《わめ》いた。

「わかってるわ」

愛美は静かに言った。

約束てのは、島に来る途中、自家用ジェットの中で交わしたものだ。

「おまえ――攻撃を抑えることは出来ないのか？」

「もう無理ね。なり切ってしまったから」

「何とか止めるぞ」

おれは断言した。同窓生に殺しをさせるわけにはいかない。たとえ、太古の刺客になり切ったとしても、姿形は愛美のものなのだ。

「もう戻らないのかよ？」

「多分。断言は出来ないけれど」

何てこった。

「南波と会わなきゃよかったな」

「いずれああなったわよ。そういう風に操作されていたの。私があの店に勤めたこと自体が、あれが動き出したことを感知したせいなんだわ」

「やれやれ」

おれは溜息をついた。

「どうしても、残り五人の〈守り人〉を始末するつもりか？」

「それが太古からの指示。私には逆らえないわ。気にしないで」

「そうもいかん」

おれは首をふった。

「おれがどうしても止めようとしたら、どうする？」

「あなたも殺すわ」

この台詞《せりふ》を吐いたのが、愛美であって愛美じゃないことを、おれは理解した。

「手を引くぞ」

「それでも殺す。あなたはとっても役に立つ。こうなったら最後まで付き合ってもらうわ」

やれやれ、だ。おれは便利屋か。

「なら、ひとつ条件がある」

「呑めないわ」

「呑んでもらおう」

おれは、太古の世界を睥睨《へいげい》して来た瞳を見つめた。

「でなきゃ、おれがおまえを殺す。やりたかないが、同窓生に人殺しをさせないためには仕様がねえ」

「私が死ねば、この娘も死ぬわよ」

「人殺しとして生きるよりはいいさ。それに、こういう例は幾つも見て来た。取り憑《つ》いてた奴が消えれば、憑かれてた方は元に戻るってことが、ままあったぜ」

「慣れてるのね」

「そういうこった。化物退治にもな」

「私は、この星を守るために戦っているのよ」

「おれは同窓生だ。昔、何処かの国の最高責任者が言ったよ。人ひとりの生命は地球より重いってな」

「条件って?」

やっとこっちのペースになったか。

「おまえが手を下す前に、〈守り人〉はおれにまかせろ」

「彼らを甘く見ない方がいいわよ。あなたも只者じゃなさそうだけど、あいつらは人間ひとりがどうこう出来る存在じゃないわ」

「人間はどうでもいい。おれを甘く見るな」

愛美の眼に動揺が兆《きざ》した。

「あなたも、あいつらの――」

「とんでもない。生粋《きっすい》の地球人さ」

おれは、あわてて手をふった。

「だが、おまえたちが使命を授けられてから、人間も進歩したってことだ。進化じゃないのが残念だがな」

「ひとつ教えておくわ――私の任務は私の中にプログラムされてるのよ。あなたの要求を入れても、彼らを放置できるかどうか」

「それは何とかするよ」

「なら、任せるわ」

愛美はあっさりと言った。思い切りのいい刺客だ。

これが「約束」だ。


おれたちは家の中に入った。

南国らしい鮮やかな色彩の調度が並んだ、さっぱりとした部屋である。

壁にかけたグロテスクな仮面は、土地の神様だろうが、何処か愛嬌《あいきょう》が感じられるのも南の島的だ。

「いないわね」

ああ、と答えたとき、遠くから車のエンジン音が聞こえた。

小型トラックだ。

何かヤな予感がした。

第四章　海の底から

1

「隠れていろ」

おれは素早く愛美《まなみ》に命じた。

「わかった」

言うなり、倒れたドアを持ち上げ、勢いよく戸口へ嵌《は》めこんでから、信じられないスピードで家の奥へ移動し、窓を開けて消えた。

おれはひとりで道の彼方から近づいて来る小型トラックを見つめた。何処から見ても使用年数五十年のオンボロだ。

ガタガタやって来て、おれの三メートルほど手前で、ガタンピーと止まった。

運転席のドアが開いて、真っ黒に陽灼けした中年男がひとり下りて来た。ぷん、と魚の匂いがした。魚市場で働いているのだろう。下り立った男は、半袖のシャツにゴム長を履いていた。五十センチもある手鉤《てかぎ》をぶら下げているのは、侵入者への用心だろう。

訝《いぶか》しげにおれを見る顔が、すぐに、うすく笑った。

「来たか。あんたは用心棒かい？」

「いや、まあ」

「こんなおかしな争いには、巻きこまれねえ方がいいぞ。まだ若いんだろ」

「ははは」

「〈襲撃者〉は裏か？」

「はあ」

「呼べよ。出会い頭に殺し合いてのもねえだろ。とりあえず一杯飲ろうや」

「いや、あれは危険人物なので、まず僕と話し合って下さい」

「この件に、当事者以外と話し合う必要はないし、話したって嚙み合いやしねえよ」

男の声が鋭くなった。

「えと、僕は八頭《やがしら》大《だい》と申します」

「そうかい、おれはタゴナ・マーシュだ」

と応じてから、急に眉を寄せ、

「八頭？　待てよ、聞いた名前だ——八頭？　おい」

両眼に凄《すさ》まじい光が宿った。

「――宝捜し屋か？　そうか、一族の当主は確か、その名前だった。こいつぁ驚いた。八頭の血が嚙んでるのかい？」

「ええ、まあ」

おれは、照れ臭そうに頭を掻《か》いた。どんなに猜疑心《さいぎしん》の強い人間の眼にも、爽やかな好青年に映るはずだ。タゴナは苦笑した。

「なら、相手が出来るかな。とにかく入りな」

と手鉤をドアに向けて歩き出した。

ドアが倒れるんじゃないかと心配だったが、愛美の奴どんな技を使ったのか、問題なく開閉した。

タゴナはキッチンに入ってすぐ、瓶を二本とグラスを持って来た。

片方の瓶はラム酒だが、もう一本は自家製の何かだ。

「ここは万年常夏でな――魚も切れ目なく獲れるし、一生平穏無事に過ごせると思ったんだが、おれの代でおしまいか」

「お子さんは？」

「独り身でな。実は今月末に結婚の予定だったんだが、しなくてよかったよ」

おれは少々複雑な気分になった。この〈守り人〉は戦うものと決めている。そして、死を覚悟しているのだ。

「まあ、一杯飲れ。ラム酒と半年も寝かしておいたココナツの汁だ。そんな顔するな。腐らないよう、ある種の海草を混ぜてある」

「海草?」

「ああ。誰も知らない深い海の底で手に入る草さ。おれは潜れないが、親類に素潜りの天才がいてな。ジャック・マイヨールも顔負けだぜ」

マイヨールというのは、言うまでもないが、海の子と呼ばれた素潜りの天才だ。潜りを哲学の域にまで高めたといわれてる。求道心も海と同じくらい深くて、自殺してしまったが。

グラスに注がれたラム酒を、おれは一気に空けた。ウオッカなら一気飲みで十本、レモンハートでも同じだ。ラム酒とココナツを混ぜた酒なんて目じゃあない。

「お、イケる口だな。じゃあ、おれも」

たちまち瓶は空になった。

その少し前から、おれは酔いを感じていた。眠り薬や痺《しび》れ薬、各種毒薬には、ジルガの解毒法が対抗してくれるが、こいつは少し勝手が違うようだ。身体中が熱い。

「――これ、何です?」

と訊いてみた。

「効くだろ。この家へ税金なんか取りに来た役所の奴は、みんなひと口飲ませてから、海の中へ投げこんじまうのさ。ははは」

こいつ、ホントに――と思ったら、身体がぐらりと揺れた。この酒にはジルガも効かないのだ。

「ゆっくり寝《やす》むがいい。最初から〈襲撃者〉を連れて来れば、おれが奴を始末する間に逃げられたかも知れんのにな。おお、眠ったか。しかし、さすが世界一の宝捜し屋。よくひと瓶保ったもんだ」

タゴナはテーブルに突っ伏したおれを見下ろし、玄関から出ると、こう叫んだ。

「おれはタゴナ。〈守り人〉のひとりだ。おい、おまえの仲間を捕まえてあるぞ。近くにいるのはわかってる。あと五分以内に引き取りに来ないと、こいつはおれの神に捧げてくれる」

少し待ってから、タゴナは家へ戻った。

おれを見下ろし、

「あと四分だ。正直、来なきゃ来なくてもいいんだ。このところ、捧げものがなくて、神様からも顰蹙《ひんしゅく》を買ってるからな。〈襲撃者〉とは、その後、じっくりと決着《けり》をつけるさ」

きっかり四分後、タゴナは椅子から立ち上がり、壁にかかっていたおかしな面をつけた。

ぶつぶつと何やら呪文のようなものが、面と顔の間から洩《も》れて来た。

ラリコ……イアイア……グフタン……

ひとしきり唱え終わると、ぎんと背すじをのばして、おれの方へやって来た。手鉤を下げている。

まだ酔いが醒《さ》めてねえ。どころか足にも手にも来てやがる。

「冷たい相棒だな、ミスター宝捜し。では、神聖なる儀式といくか」

タゴナはおれの前で立ち止まった。

おれは、しかし、あわてなかった。

三歩……二歩……一歩……

チャイムが鳴った。

タゴナはふり向き、おれを睨《にら》んで、無視しようと決めた。

チャイムがまた鳴った。

少し置いて、

「タゴナさん――メイベルです」

可憐な声が、タゴナの全身から殺気を拭《ぬぐ》い取った。

タゴナが戻って来たのと同じ方角から乗用車がやって来て、家の前で止まるのを、おれの耳は聞きつけていた。

タゴナは手鉤を思い切りふってから、ソファの向うに放り投げ、おれを睨みつけてドアへと近づいた。

ドアを開けた。よくよく大事な相手に違いない。どうでもいいクラスなら、用件だけ聞いて、帰れで済むからだ。

「忘れ物よ」

あるチェーン店の制服を着た娘は、十七、八に見えた。英語の巧みさからしてアメリカ人だろう。何処《どこ》にいても朝陽が照らしているように、その場がかがやく——こんな娘がたまにいる。娘がタゴナに手渡した品は、「ミスタードーナツ」の紙袋だった。人を生贄に捧げるなどとぬかして、てめえはフレンチクルーラーか。

「悪かったな、メイベル。こんなところまで」

「ううん。全然平気よ。あたし早番で、もう帰るところなの」

ちら、とこちらを見て、

「あら、お客さん？」

「いや」

タゴナは首をふった。正直な野郎だ。

「あら、じゃあお知り合い？　ごめんなさいね。お邪魔しました」

「いや、いいんだ。こちらこそありがとう」

タゴナの声には、心底からの感謝と謝罪がこもっていた。この娘にホの字なのだ。そして、娘の方もそれを否定はしないだろう。

こういう光景を見てると、生命を取ったり取られたりが、時々イヤになる。

「じゃ」

微笑を置いて、メイベルは去った。

ドアを閉じても、タゴナはしばらくそこに立ち尽していた。見えない娘の後ろ姿を追い続けるように。

やがて、長嘆息一呼——彼は、こちらへ向かって来た。

ソファに放った面を被り、手鉤を摑《つか》んで、全身を縁取る狂気が白く燃えている。

おれの胸ぐらを摑んで——あっという間に彼の肩に担がれた。

「家の中で捧げるつもりだったが、血を見たくなくなった。やはり、海で始末をつけよう」

おれはごつい肩に揺られながら、この島と近辺の海、そして、タゴナが口にした呪文とおかしな仮面をミックスさせて、ある考えを導こうとしていた。

この親父、ひょっとして——

家の裏はすぐ岩場で、細い道を五メートルばかり下ると、わずかな砂地があった。その向うはまた岩が並んで、ようやく紺碧《こんぺき》の海に砕ける波頭が見える。

快晴の下に広がる海は平和そのものだ。その下が見えない限りは。

おれを砂浜に投げ捨てると、タゴナは面をつけ、手鉤を摑んだ。あの文句を独唱しはじめた。

突然——昔風に表現すると——一天俄《にわ》かにかき曇り、水平線と虚空の何処かから凄まじい強風が吹き上がりはじめた。

どころか――水平線が白くかがやいた。稲妻だ。

天と海からの風は岩場で嚙み合い、渦を巻き、おれたちを呑みこもうとした。

波しぶきが岩に当たって雪のように砕け、時刻を無視して岩の間から砂地へと流れこんで来た。

これも〈守り人〉に与えられた超太古の力か？　おれには無駄遣いとしか思えねえが。

風の音にもぎ取られながらも、タゴナの呪文はおれの耳に届いた。

――いあいあいあ　RRRR　ほんいぐるい　みやまんぐる　いるく　RRRR

おれはタゴナではなく、岩の間を見つめていた。

砕け押し寄せる波の中に、人影らしいものが見え隠れしているのだ。

全体は銀緑色だ。坊主頭で、顎から首にかけて鰓《えら》が何枚も、ぱあくぱあくと開閉し、海水を吐き出して熄《や》まない。妙にごつごつした印象は、おびただしい鱗《うろこ》が全身を覆っているからだ。

例外があった――不気味なことに――分厚い唇だけが赤い。

ここまで識別したのも数瞬のことだ。次の波が頭上から襲いかかると、その後に、もうそいつは見えなかった。

風が強まる。音がひゅうからごおに変わる。荒れ狂う波しぶきが、おれまで届いた。

果たして、海へ向け続けていたおれの眼は、とんでもない代物に焦点《ピント》を合わせていた。

盛り上がる波頭は、水平線から幾つも断続的に続いていたが、その波頭に黒い物体が十も二十も見えるのだ。頭みたいなものが。

海の神てなこれか。

凄まじい力に満ちた視線がおれを貫いた。

「来たぞ、神の下僕たちが、おまえを深海の大宮殿へ送るために」

いつの間にか、こんなに近づいていた稲妻が、奇怪なマスクを白くかがやかせた。

ほお。凹凸が塗りつぶされると、奴らとよく似てる。

超太古からこいつの血族は海のものだったのか。

タゴナは大股でおれに近づき、手鉤をふり上げた。

「およしなさい」

女にしては低く鋭い声が、手鉤を止めさせた。

家から続く小道の端に、愛美が立っていた。

ひとりではなかった。愛美の腕で乳房をつぶされ、がちがちの人形と化しているのはメイベルだった。貼りつけた表情は死相だ。

「殺してもいい？」

愛美はにこやかに訊いた。

「貴様……〈襲撃者〉め……なぜ気がつかなかったんだ？」

歯噛みしながら呻《うめ》くタゴナへ、

「鈍ったのよ、こんな年中生暖かい所に暮らしてるから。さ、彼を放しなさい」

「最初から放してる。動けないだけだ。しかし、大したもんだ。並みの人間なら、楽に死ねる濃さの薬を混ぜていたのだが」

「なら担いで戻って。あんたが加担してる海の連中がやって来る前に」

「――もう遅い」

言うなり、タゴナは身を沈めた。

その頭上を越えた奴は、明らかに十メートルも向うの水中から躍り出たのだった。

あの半魚人だ。

空中から愛美の顔へのばした両手指の先は、タゴナの手鉤ほどではないが、鋭い爪が光っていた。

おれだからこそ判別できた神速の攻撃に、愛美は咄嗟《とっさ》に対処することが出来なかった。

だが、爪は空を切り、バランスを崩した半魚人は、どっと砂地に落ちた。

続けざまに二人――二匹？　――を撃墜して、おれは跳ね起きた。

タゴナが驚きの眼を剝《む》いた。

「おまえ――まさか――どうやって？」

「これでも毒薬対策は万全でな」

おれはにっこりと笑った。

「家の中にいる間に麻痺は解けていた。形勢逆転だ」

「メイベルを放せ。その娘は関係ない」

とタゴナは呻いた。

もっともだ。まさかこう出るとは、おれも思わなかった。

「人間、付き合いが肝心よ」

愛美は片方の手で、メイベルの髪を優しく撫でた。

「今度、そいつらをけしかけたら、頭がつぶれるわよ」

「愛美——やめろ」

おれは声を荒げて睨みつけた。

「あら、どうして？　あなたを助けるつもりなのに」

「その娘は無関係だ。おまえたちの呪われた任務とも、おれの欲ともな」

「その辺は、議論しても仕様がないわ。この娘はまだ役に立つ。私が〈守り人〉を殺すためにね」

「おい！」

次の瞬間、おれの身体は後方に吹っとび、ごつい岩にぶつかった。力を落としてはあるが、液体装甲がなければ、背骨をおかしくしていたに違いない。

だが、愛美もよろめいた。

吹きとばされながら、おれはその右手に一発見舞っておいたのだ。

「逃げろ！」

この叫びに尻を叩かれ、メイベルは小道へと走り出した。

「動くな！」

おれはタゴナに武器を向けて制止した。

ごつい顔が、凄惨《せいさん》な表情をこちらへ向け、急に毒気を抜いて、

「感謝するぜ」

と言った。メイベルのことだろう。この辺は正常《まとも》だ。

「なら、二人ともおれの話を聞け。いいか、誰も死ぬ必要はねえんだ。そうだろう？」

二人は苦笑した。蔑笑といってもいい。彼らにとって、おれは事情を知りもしないくせに指図したがる半可通なのだ。

「私は任務についているのよ、八頭くん」

愛美は、ぞっとするほど冷たい声で言った。

男がとどめを刺した。

「おれが死ぬか、〈襲撃者〉が死なない限り、事態は収束しない」

これではお手上げだ。

突然、足下が沈んだ。砂地が陥没したのだ。下は水だった。

空気を吸いこむ余裕は十分あった。

愛美も水中でもがいている。黒い影が猛スピードで接近していくのを見て、おれは思い切り身をそらせた。

足首を掴まれた。半魚人だ。左右から寄って来る。おれはあわてず、麻痺銃で足を掴んでる奴を眠らせ、攻撃に移った。

液体装甲を外すや、下層に貼りつけてある〈人魚の皮膚〉の出番が来た。

身をくねらせながら、ぐんぐん近づいて来る半魚人の速度は、約六十ノット＝時速約百十二キロ。魚雷が平均で五十〜七十ノット（約百三十キロ）だから、大したものだ。人間なんか相手になるまい。

眼の前と左右に来た。

こいつらにとっちゃ、おれも愛美もただの生贄《いけにえ》だ。

三方から振って来た鉤爪は容赦がなかった。恐らく、水中では〝のろまな豚〟と呼ばれる人間の速度も知悉《ちしつ》していたに違いない。

だから、驚きの度合いもばかでかかったに違いない。

三本の鉤爪を、おれは身体の捻《ひね》りだけでことごとく躱し、前の奴の後ろに廻るや、その両腕を掴んで、あとの二匹に襲いかかったのだ。

右腕のひと振りで、左方にいた奴の胸が裂け、赤黒い血液が煙幕みたいに噴出した。

もう一匹が躍りかかって来るのを、あっさりと空を切らせ、右横をすり抜けるとき、ひと掻きしてやった。

息はあと十分ほど保つ。

愛美は？　後ろへ身体ごと捻った眼の先で、半魚人たちが吹っとび、ゆらゆらと沈んでいくのが見えた。

その前方に愛美は健在だった。半魚人たちが次々に近づき、片っ端から海の底へ沈んでいく。

だが——おれは、四方から接近して来る無数の気配に気づいていた。

愛美が浮上していく。

おれは逆に、沖へと向かった。

〈人魚の皮膚〉が絞り出すスピードは、二百ノット——時速約三百七十キロ。JR東海の超電導リニアが記録した五百八十一キロと六百三キロには及ばないが、東海道新幹線の二百八十五キロなら軽く突き放してしまう。

黒い水の向うに、こちらへゆっくりと迫る影たちが見えて来た。こいつらはどうでもいいが、おれはタゴナが沖へと逃亡するのを見て取っていたのだ。

全速泳に移った。

たちまち半魚人どもの群れに突入し、奴らが気づく前にすり抜けていく。

タゴナが見えた。

必死に水を掻くが、瞬《またた》く間に追いつめ、襟首《えりくび》をつかんで急浮上に移った。

海面から二十メートルも上昇してから落ちた。

「悪いが付き合ってもらうぞ」

と凄みを利かせる。黒い顔が、にんまりと、

「まだだよ、宝捜し」

後方――水平線の彼方から何かが飛んで来た。いかん⁉

タゴナの顎にフックを一発見舞って失神させるや、おれはまた潜水した。

五十メートルまで一気に沈んでふり仰ぐと、黒い塊が幾つも下降して来た。泡の帯を引いている。直径一メートルを超す岩塊だった。

それが次々と落ちて来る。

海面付近の半魚人たちが頭をつぶされ、岩と水の間でぺしゃんこになるのが見えた。

岩は水平線の向うから飛んで来た。そんなことが出来る何かがいるのだ。

おれは百メートルまで急速潜水を行い、岸へと向かった。

岩場から上がり、タゴナの家まで辿り着くのは簡単だった。愛美が待っていた。

「手を出すなよ」

おれはこう伝えて、ジルガの整体法に移った。

ヨガに似た簡単な体操だが、覿面に身体の歪みや痛みが取れる。内臓疾患でなければ、身体の不調はそれが原因だ。

時速三百キロ超で暴れ廻っていれば、どんなに強靭な肉体でもガタが来る。〈人魚の皮膚〉が守ってくれていてもだ。

「どうするつもり？」

愛美が訊いた。わわ、肌がヒリヒリする。殺意のオーラが神経に触れるのだ。

「彼は仮死状態で保存する。これなら死体と変わらねえだろ」

「そううまくいくかしら」

「いく」

断言したが、自信は三割だ。

その言葉を嘲笑《あざわら》うかのように、家が揺れた。

「何かしら？」

「タゴナの信仰してる神様が怒ってるんだ。おれたちを手に入れられなかったとな。脱出するぞ。タゴナを連れていく」

「お好きなように」

愛美がまた嘲笑の笑みを浮かべた。揺れはさらに激しさを増している。

歪んでいる。ＴＶが倒れた。キッチンの方から食器がぶちまけられる響きが連続する。

「逃げろ」

おれはタゴナを肩に担いで、戸口へと走った。

ビークルへと走り出した瞬間、家がつぶれた。

地面に亀裂が走った。

イオン・バイクで走り出した。だが、道路はひび割れ、湯気と蒸気があちこちから噴出していく。

「この島、危ないぞ」

おれは隣りを走る愛美に叩きつけた。

「同感よ」

市街地は凄まじいパニックに襲われていた。

高層ビル——どころか、高さがあるものは、何もかも倒壊していく。おれたちも何度となく跳ね上がった。噴き上がる土煙の中で、コンクリの塊が落ちて来る。自動車が飛んで来る。荒馬乗り《ロデオ》のようにそれをこなし、身を捻り、躱《かわ》して進むのは、しかし、難しくはなかった。以前、テキサスで試した荒馬乗り《ロデオ》は、こんなもんじゃなかったのだ。プラス、イオン・バイクの姿勢制御装置《スタビライザー》もある。愛美が何とかついて来れたのもそのおかげだ。

人の姿はひとつも見えなかった。救助隊の出動する様子もない。最初の大揺れで、みなやられてしまったのだ。

「おかしいわよ、この地震」

並んだ愛美が叫んだ。同感だ。

おれたちは、ジェット機のある海岸を目指していた。

左右の丘や崖が陥没し、崩落し、道路も寸断されていく。それを何とか乗り切ったのだから、我ながら凄い。

「地中に何かいるわ。それが暴れているのよ」

「でっかいなまず《キャット・フィッシュ》さ」

「？」

今の愛美にこれは通じまい。いや、本来の自分に戻っても怪しいもんだ。

到着した海岸は凄まじい波に洗われ、しかも陥没していた。

ジェット機は？

愛美があっと叫んだ。

ジェット機はあった。傾いてもいない。十メートルほどの空中に浮いているのだった。

「スタビライザーがコンピュータへ異常を伝え、自動操縦装置が稼働したんだ。あのくらいの高さなら磁気コントロールの空中停止《ホバリング》で済む。燃料の浪費はゼロだ」

「この時代にも、おかしな人間はいるのね」

愛美の冷静な声には、拭いようのない驚きと賞賛の響きがあった。

おれは腕時計のマルチ・コントローラーをジェットのリモコンに変換し、おれたちの頭上への移動と、エレベーターを下ろすよう命じた。

ジェットの底部から、直径一メートルほどの台座をつけたワイヤが下りて来た。イオン・バイクを畳んで、二人して台座に乗るや、ワイヤはぐんぐん上昇しはじめた。

何とかなりそうだ、と思った。こんな思いは隙《すき》を招く。

背負ったタゴナの胸に何かが巻きつき、凄まじい力でもぎ取っても、おれの反応は遅れた。すでに崩壊を開始した街道の亀裂の下から説明のつかない色彩の触手が現われ、彼を奪い去ったのだ。

襲ったれ、ギリギリのところで。

おれは麻痺線を放ったが、堪《こた》えた風もない。ぐったりしたタゴナもろとも、そいつは呆気なく亀裂に消えた。おれたちには一片の関心も示さずに。

一秒とかからずおれたちは機内に収容された。

シートにかけ、ベルトを締めるより早く、おれは急上昇を命じた。

ほとんど垂直状態で上がる間、首の下が冷たかった。

「地上の画像を出せ」

とコンピュータに命じ、空中に3D映像を出現させたとき、島は黒煙を噴き上げていた。

「――タゴナは消えたわ」

と愛美が静かに告げた。

「連れ去ったものに、罰を与えられたのね、多分」

「やれやれ」

おれは肩をすくめた。おれたちが来なければ、彼も島も無傷で済んだのだ。せめて、あの娘――メイベルだけは無事でいて欲しいが、ここからじゃわからない。

しばらくの間、胸が痛むだろう。

「あの島は、あの触手の上に成り立っていたのよ。多分、全長何千キロもある輪の上にでなけりゃ、あの徹底的な崩壊の説明はつくまい。

おれは愛美を見つめた。

前方を見つめる無表情は変わらないが、安堵《あんど》の色が浮かんでいるような気もした。殺人に手を染めずに済んだ安らぎか。おれの思いこみかもしれないが。

だが、おれに安堵はまだ無縁だった。

コンピュータの声が、こう告げたのだ。

「地上から何かが追尾中。マッハ三。凄まじい速さです」

2

「何が尾《つ》けてる？」

答えは迅速だった。

「ワイヤ、紐《ひも》の類《たぐい》です。カメラによる識別ですと、触手の一種と思われます」

「タゴナの〈神〉だ。追いかけて来やがったか！」

「どうして？」

「タゴナの仇討ちだろ」

「自分が殺したのに？」

「それとはまた別だ。相手は神様だぞ。何を考えてるのか、おれたちにわかるものか」

「どうするつもり？」

「この調子じゃ、何処まで行っても追いかけて来る。撃退あるのみだ」

「出来るの？」

「任せとけ。ただし、しくじったらゴメンな」

「ゴメンなって何よ？」

「このジェットごと木っ端微塵か、海の底の神殿で神様の下僕になるか、だな」

素っ気なく告げて、おれは空中に命じた。

「高度五千で急降下に移れ。触手の出所へ向かうんだ」

「了解」

それから――海面すれすれまで急降下して触手をやり過ごすと、三十メートルで機首を立て直してから、一気に南南東へと向かった。触手の追尾は熄まなかったが、ぶっちぎりで走った。

やがて――

「触手の発源点が判明しました。南緯四七度九分、西経百二六度四十三分の海底です」

「深度は？」

「不明です」

「何？」

「探索レーダーの電波もソナーの音波も届きません。呑みこまれてしまいます。深度は――無限です」

「アホか」

おれは吐き捨てて、

「対潜ミサイルを深海用に変換しろ。果てがあろうとなかろうと、全弾ぶちこむんだ」

「了解」

「大事《おおごと》になって来たわね」

隣りの席《シート》で、愛美が皮肉っぽく言った。

「でも、このジェット機、爆弾も積んでるの？」

「陸海空に敵がいらっしゃるんでな。対戦車ミサイルも、対地麻酔ガス弾も、ばっちりだ」

ジェットは猛スピードで攻撃地点に近づいていく。

「接近します。ミサイル発射まで三秒——二秒——一秒——」

空中のスクリーンに、海面に立つ波しぶきが映った。

結果はわからないまま、おれは急上昇に移った。

触手はなおも追って来る。

成層圏に入った。高度五万三千。

触手が痙攣《けいれん》した。あれ？　と声が出たくらい呆気なく落ちていく。

原因はひとつ。ミサイルが海底の本拠地を直撃したのだ。命中すれば、戦艦さえ二つにするパワーがある。いくら水圧で守られた化物の城でも、相応のダメージは免れまい。

これがタゴナの〈神〉の絶滅を意味するかどうかはわからないが、少しはおとなしくしてるだろう。とりあえず縁切りだ。この先、おれの宝捜し人生にどう絡んで来るかは、神のみぞ知る。

「他人に決着をつけてもらったわね」

愛美のつぶやきに、おれは微笑を浮かべた。とにかく、この娘に殺人は犯させずに済んだのだ。

「次は何処の誰だ？」

「エジプト——カイロへ向かって」

わお。ひょっとして、またクフ王の大ピラミッド内での立ち廻りか。

「不満そうね」

愛美がこちらを向いて訊いた。

軽い驚きが走った。

確かに愛美だ。だが——別人だ。おれにはわかる。

このままにしておくと、愛美の精神まで丸ごと超古代の女殺し屋に乗っ取られてしまう。元に戻す手は幾つか思いつくが、それをしては今回の努力が水の泡だ。

「我慢だ」

と口を衝いた。

愛美が、？という表情を向けた。

「何でもない。ツタンカーメンが待ってるぜ」

カイロまで、ノン・ストップで飛行するのは造作もなかった。領空侵犯もいいところだが、我が機の登録ナンバーを告げると、一発で、

「通過許可」

が出る。勿論、空港の責任者に相応のワイロを渡してあるからだ。急造の地方空港でも、関係者から連絡があれば、完成を確認した上で、責任者と担当官たちの銀行口座を聞き出し、系

列銀行から大枚を振りこめば、

「いつでもお出で下さい」

だ。中には辺境の村で勝手に滑走路だけ作る場合もあるが、これはおれが経営する航空会社の打ち上げた偵察衛星が連絡をよこす。おれは世界の空を、勝手に航路を決めて、誰に断りもなく飛び廻れるのだった。

カイロ空港からは、愛用のポルシェをとばした。空港にはマイカーを常駐させてある。プロの整備員が手入れを欠かさないのも現金《キャッシュ》の力だ。

カイロはまだ昼前だった。

定宿の旧ナイル・ヒルトンこと現リッツ・カールトンの特別室へ入ってひと休みしたかったが、休憩はジェット機の中で取ったし、ジルガの呼吸法とおれ特製の栄養剤で疲れはまるきりない。愛美も同じだ。

制限速度内でポルシェをとばすと、一時間ほどでギザの大ピラミッドが見えて来た。

「詰まらなそうね」

助手席の愛美が少し楽しげに訊いた。

「ああ、食傷気味でな」

「ピラミッドの内部で戦ったことがあるのね？」

「ああ、二十回ほどな」

愛美は沈黙した。少し驚いたらしい。

古代世界の七不思議とは、もともと紀元前二世紀に、古代ギリシャのビザンチウムに生きていた数学者にして旅行者のフィロンが選んだ巨大建造物のことで、
①ギザの大ピラミッド
②バビロンの空中庭園
③エフェソスのアルテミス神殿
④オリンピアのゼウス像
⑤ハリカルナッソスのマウソロス霊廟
⑥ロードス島の巨像
⑦アレキサンドリアの大灯台
を指す。実のところ、フィロンの時代には、アレキサンドリアの大灯台は建設されておらず、代わりにバビロンの城壁を入れたところ、これが後にバビロンの空中庭園と同一視されてしまい、アレキサンドリアの大灯台が入ったのだという説もある。

現在残っているのは、巨大な岩で構成されたギザのピラミッドだけとされているが、おれはバビロンの空中庭園に侵入したし、ロードス島の巨人像と一戦交えたこともあれば、アレキサンドリアの大灯台の光源を使って、宝を横取りしようとする犯罪組織のジェット機を、片端から射ち落としたこともある——と言っても、関係者以外は誰も信じちゃくれないが。

ジェット機内から、エジプト首相と観光相に連絡を取っておいたから、内部へ入るのは簡単だった。

現在使用されている出入口は、盗賊が開けた盗掘口だ。相も変わらず、入っていった観光客たちが次々に戻って来る。

彼らを迎えるのは、エジプトに関するどんな資料にも載っている「大回廊」と「王の間」だが、その前に狭い通路を抜けなくてはならない。戻って来る連中は、ここが耐えられない――つまり狭所恐怖症だったのだ。

出入口の役人にウィンクひとつして、おれと愛美はどえらい石の塊の内部へ足を踏み入れた。長さ四十七メートル、高さ八メートルの「大回廊」を抜けると、「王の間」だ。何故そう呼ばれるのかというと、がらんどうの内部に石の棺《ひつぎ》らしいものがひとつだけ横たわっているからだ。王の墳墓としてのピラミッド＋《プラス》石の棺＝《イコール》王の部屋というわけである。

この巨大な石墓の中で見つかっている空間といえば、たかだかこれだけで、積年の調査によって、あちこちに空洞らしきものがあるのは判明したのだが、そこへ通じる道がわからない。ついこの間、「王の間」の近くに、日本人科学者チームが大空洞を発見したと大騒ぎになったものの、やはりそこへ達してはいない。

「王の間」で、いかにもおのぼりさんらしい間抜け面で天井や壁を見ながら、へえ、ほおを繰り返しているうちに、観光客の姿は見えなくなった。おれの後に、

「点検のため入場中止。恐れ入ります」

の看板が立ちはだかったのである。何度目かだから、遣り口はわかっている。静寂が重量を持った。四方からおれにのしかかって来る。古来、ピラミッドに単独で籠った奴は何人もいるが、みな精神的不調を訴えたのはこのせいだ。

ちなみに、腐敗したものが尋常に戻るというピラミッド・パワーは、その解釈が根本的に間違っている。あれは戻る＝復活ではなく、新生＝生まれ変わりなのだ。一度くたばって、新品になるのである。

一八八〇年代に一度、エジプト政府の要人が、権力づくで、死にかけた自分の子供をこの「王の間」に運びこんだことがある。無論、ピラミッド・パワーによる復活を祈ってだ。結果から言うと、子供は死亡し——甦《よみがえ》った。ただし、何処が狂ったのか、或いは人間では無理があったのか、姿形はそのまま、人間の感情をすべて失った一種の異常体として。

やがて記録には残っていない何かが生じ、要人は彼をイギリスへ送った。留学ということになっている。

当時のロンドンの貧民街イーストエンドで、娼婦ばかりを狙った連続殺人が起こったのは、それから半年後である。切り裂きジャックと名乗った犯人は、ついに逮捕されず終いだった。

ここは、そんな部屋なのだ。早いとこ、用は片づけるに限る。

おれは石の柩《ひつぎ》に近づき、一端に手をかけて、ある方向に力を加えた。問題は力の程度だ。強すぎても弱すぎても役に立たない。世界の学者たちが、何百人何百年かけても、この秘密に気づかなかったのは、これに気がつかなかったからだ。

数百キロは下らぬ柩は、やすやすと回転した。百八十度回転させてから元へ戻す。

ガチリと石の嚙み合う音がして、床が沈みはじめた。

愛美が、

「へえ」

と唸った。

「王の間」が丸ごと着底した空間は、三百坪ほどのスケールで、床にはおびただしい柩が並んでいた。

壁も穴だらけで、柩が納められている。

「さてと」

おれは同じ高さになった床から下りて、西の隅へ眼をやった。

プレハブ造りの小さな小屋が、壁に寄り添うように建っている。

「あそこに？」

愛美が訊いた。

「そうだ。五人目の〈守り人〉がいる」

「でも、出て来ないわよ。留守ね」

「これまで二十二回会ってるが、必ずいた。もっとも、おれの計算じゃ、年齢は二百歳を超えるがな」

「死んだのかしら」

どうでもいいような口調である。

「表向きの仕事にふさわしい姿になったのかも知れんな」

おれは手近の柩の蓋《ふた》に手をかけ、持ち上げた。

中身はミイラだった。千年以上経つから、衣裳もぼろをつなぎ合わせたような状態だ。

「副葬品もゼロね。みんなこう？」

ぐるりを見廻してから、愛美が訊いた。

「ウィ」

「フランス人だとは思わなかったわ。古代エジプトでは、王のミイラとともに埋葬される品──副葬品は、王が天国でその地位にふさわしい生活を維持するためのものよ。彼らは王でも、王族でもない。柩にも名前や身分を示す印はゼロ。彼らは犯罪者？」

「そうだ」

おれはうなずいた。

「それも、エジプト世界を壊滅させかねぬヤンチャをやらかした連中だ。こいつは、現在でいう核分裂を自宅で成功させ、原爆を作ろうとした。こいつは、空気の成分を変えて、王国を丸ごと焼き払おうとした。こいつは――」
三、四人その悪業を並べたてると、愛美は苦笑して、
「もう十分よ。で、あの小屋の住人は、ミイラの番人？」

「ピンポーン。ミイラにされた悪党どもは、蘇生の可能性大として、ピラミッドの内部に封印された。古代の連中は、ピラミッド・パワーの操作を自分のものにしていたんだろう。奴らを眠らせる術を身につけた一族の者たちを、墓所に配置したんだ」

「そんなＶＩＰが〈守り人〉。処分したら極悪ミイラが生き返るわけね。でも、私も任務は果たさなければならないわ」

「だからよ、話し合おう」

「無駄よ。多分、向うもね」

愛美は小屋から出て来る人影へ視線を注いでいた。

「いたのか。おれだよ、ダヴィ」

挨拶はしたが、その前からおれは異常に気づいていた。

墓守り――ダヴィは見る影もなく痩せ細り、正しく骨と皮だったのだ。

「どうした？」

おれは駆け寄って訊いた。

支えはしなかった。触れたら、バラバラになりそうだ。

「力が……」

ダヴィはやつれ果てた——といっても、いつだってミイラみたいな老人だが——顔をおれに向けた。エジプト語で言った。

「外からの力が……わしを……脅かして……悪党どもを復活させよう……と……」

やっぱり来てたか。超古代のＵＦＯパワー。

「しっかりしろ。あんたが死んだら、エジプトはどうなる？　こいつらが生き返ったら、この世の地獄だぞ」

「もう……間に合わん……後は……おまえに任せる」

え——っ⁉

ダヴィは染みだらけの手を長衣のポケットに入れ、パピルスの巻物を取り出した。

「読めるな？……これを十日に一度……朝の六時に……この場所で唱えるんだ……それでこいつらは……安らかに眠る」

そんな面倒なことが出来るもんか。

そう言おうとしたら、ダヴィは垂直に崩れ落ちた。

素早く肩を貸して起こした。子供みたいに軽い。

「まだ……大丈夫だ。最後の力は……残して……あ……る」

首の後ろに冷たい水が流れた。

ダヴィの左手が上がった。

瀕死の墓守りは、おれの少し後ろに立つ愛美を指さした。

「そいつを……斃《たお》す……ため……に」

第五章　太古より

1

正直、おれはダヴィの姿を見た瞬間、悲痛な思いと同時に安堵《あんど》を感じたのだ。この調子なら戦闘など出来っこない、と。

ところが、闘《や》る。ファイト満々だ。

おれは愛美を見た。

「よせ。こんな死にかけの老人と戦ってもはじまらねえぞ」

「年齢も具合も関係ないわ。私の任務は敵を斃《たお》すこと」

「その辺を話し合おう」

おれは何とか説得しようと努めた。正直、無駄なのはわかっていた。

「どいて」

asahi bunko

朝日文庫

こんな冷たい声を出せる娘だったのか――いや、ここにいるのは愛美じゃないのだ。凄まじい力が、おれを突きとばした。あまり凄いので、空中でバランスを取って着地するにも、いつもの倍近い時間がかかった。

叫んだときは、すでに神経麻痺音波銃を向けている。

「ダヴィ――やめろ！」

発射。

愛美がふり返った。

麻痺線は彼女をかすめて、背後に向かったのだ。

柩から起き上がり、彼女にとびかかろうとしていたミイラの顔面に。

だが、倒れない。ミイラを動かしているのは、未知のパワーなのだ。

おれは素早く、武器のモードを衝撃波に変えて、もう一発放った。

パワーはヘビー級ボクサーのパンチに相当する。ミイラはのけぞって、柩に激突した。ガシャと崩れてしまう。

「あら、危《やば》いわね」

愛美がふり返って肩をすくめた。

みな眠っているのに飽きたらしかった。

どいつも柩の中から出て来る。うじゃうじゃうじゃうじゃ。ぶつかる音がする。壁の中の奴がとび下りたのだ。しかも――

おれは眼を見張った。衝撃波でバラしたはずのミイラが、もう立ち上がってやがる。

「こいつらは……悪をなすために……生まれて来た連中……だ……見境なく殺人に走る……早く……呪文を……」

そうだ。

おれはパピルスをほどいた。

古代エジプト語は小学生のときに修得済みだ。朗々と読み上げた。

「我、ラー・アトゥムの名の許《もと》に、クヌルの威光の許に、シュウとテフヌトによって引き離されしヌトよゲブの栄光の許に、さらにイシスの統治の許に……」

何だこりゃ、神様の名前ばかりだ。いつまでたってもキリがねえ。

パピルスが何重にも巻かれていることに気がついてはいたが、その全部に呪文が記されているとしたら――

「冗談じゃねえ。三十分はかかるぞ！」

おれはダヴィに向かって喚《わめ》いた。返事はない。古代のエイリアンの遺品を守り、この墓所も守っていた老人は、愛美と相対していた。

おれに見えたのは愛美の顔だった。

うわ。

同じ学校の生徒として、こんな冷酷非情な顔は見たくなかった。

「おい、よせ」

と叫んだとき、前方に気配が迫った。ミイラだ。

仕様がない。おれは近づいて来る奴らを片っ端から衝撃波で打ち倒し、呪文を読み続けた。

あと数行というところで、ミイラどもの動きが止まった。向うもキリがないと思ったのか。

両手を頭に当てて、ぐいと引き抜いたのには驚いた。そこから、赤黒い虫がウジャジャジャジャと溢れたのには、もっと驚いた。

そうか、こいつらは邪悪なる神の一柱《ひとはしら》——セパとつるんでいたのだ。百足《むかで》の神と。

その名のごとく、不気味な虫どもはミイラを遙かに凌《りよう》駕《が》する速度で、おれの足下に迫って来た。

うわわ。這い上がって来やがる。液体装甲は精神までカバーはしてくれない。気味悪くて頭がおかしくなっちまう。

「——宇宙を渡る孤独なる風の神ローダの名において命じる。これは究極の神も従わねばならぬ上意である——下がれ！」

夢中で呪文を唱え切った瞬間——

フィルムの逆転映写のごとく、ミイラも百足も後じさり、瞬く間にミイラの体内と柩の内部《なか》に消えてしまったのだ。おれが聞いた最後の音は、柩の蓋《ふた》が閉じる響きだった。

正直、ひと息ついた。だが、安堵はまだ許されなかった。

「愛美」

おれは残る二人の方をふり返った。

愛美はそこにいた。五メートルほど向うにダヴィが横たわっていた。

「殺《や》ったのか⁉」

「残念でした」

愛美は、極めて事務的な口調で言った。

「はじまる前に死んじゃったわ。こういう状況もあるのね」

おれはダヴィの脈を取り、眼球を調べて死亡を確認した。戦う前に寿命が来たのだ。

「やれやれ」

と立ち上がったところへ、

「どうするつもり？」

愛美が柩の列を見渡した。

「こいつらは死んじゃいない。その長ったらしい呪文を毎日唱えなきゃ、また生き返って来るわよ」

こう指摘してから、愛美は皮肉っぽい笑みをおれに向けた。

「彼はあなたに後を託して逝《い》った。無視して放っておく？　それとも何か手が――」

「うーん」

とおれは唸《うな》った。

正直、いい手は思い浮かばなかった。

「仕様がない。出るぞ」

おれは前と違うやり方をして、「王の間」へ戻り、観光ルートに従って大ピラミッドの外へ出た。

外にはまだ観光客の列が出来ている。

「うむ」

おれは深々とうなずいた。

「どうしたの？」

「いい手を思いついた？」

「どんな？」

「放っとけ」

おれは携帯を取り出し、三ヶ所へ連絡を取った。

万事うまくいった。

ルンルンと歌いながら携帯をしまうと、愛美が、

「エジプトの首相とピラミッド保存局と、日本の首相官邸――コネ幅が大きいのね」

「面白い言い方をするな。そのとおりだ。明日から、あの墓場は死者の世界になる。ただ、少々うるせえがな」

ホテルへ戻り、夕食を摂《と》る前に、おれはTVを点けた。国際ニュースのチャンネルだ。エジプト各地のローカル・ニュースが流れ、しばらく後、

「政府緊急発表です」

来た来た。

「政府がギザの大ピラミッド内に発見された大空洞に、明後日、日本の調査団を入れ、しかるべき調査の後、観光客の入場も許可すると発表いたしました」

やったあ。

画面は、日本調査団の団長とテロップのついた初老の爺さんに切り替わった。テロップは、T大考古学教授とある。

エジプト政府から、一時間前、日本政府に緊急調査要求の電話が入り、すぐに私宅へかかって来た。事情を問うと、調査団にとっても両国にとっても大いにプラスになる内容だったので、明日、調査団を編成してカイロへ急行することになった。調査団の活動が、両国の文化的架け橋になることを祈っている。

恐るべき棒読みの声明と憮然たる表情が、おれを爆笑させた。ま、いきなり電話がかかって

来て、明日エジプトへ行け、じゃあな。しかし、あらゆる準備は大して金を出すわけでもない文化的どケチ政府が整えてくれるし、予算は億単位で出るとなれば、多少の無理はしてもという気になるだろう。

最後にレポーターたちとの質疑応答が行われ、ひとりが、

「観光客も即オーケイという話ですが、その辺はいかがですか？」

「細かいことはわかっておりませんが、ひとつ奇妙な条件がついているそうです」

それは、入場を許可された最初の人々が、その空間の中で、ある経文を唱えることである。かなり長いが、それは死者を安らげるための経文で、毎日欠かせないとのことであった。

ひとりでニヤついていると、愛美がやって来て、

「こんな手を使うとは思わなかったわ。毎日、観光客が呪文を唱えてくれれば、彼らも大ピラミッドが存在する限り、外出は出来ないわね」

「そういうこった」

「何だか、古代のエイリアンよりも、あなたの方が化物に思えて来たわ」

「どーも」

おれは愛美の手を取って引き寄せた。ベッドの上である。

抵抗もなく、しなやかなボディは、おれの胸の中に倒れこんで来た。

「ちょっと」

「まあまあ」

おれは、愛美の姿をした別の女の唇に唇を重ねた。

舌を入れても、女は拒まず受け入れた。引き出して吸った。反応はない。

勿論、おれの右手は豊かな胸のふくらみに触れていた。

あ。ブラしてやがる。とりあえず、上から乳首をつまみ、あれこれこすった。

それでも、無反応。

何て、詰まらねえ女だ。こうなりゃ打つ手はひとつしかない。

右手を胸からずらし、女の両腿の間にねじこませた。

これもスムースにいったが、やはり、人形だ。

「おまえは不感症か？」

と訊いた。

「わからないわ。でも、あなたではダメらしいわね」

「うるせえ」

それからしばらくベッドの上でイチャイチャしたが、いくら頑張っても女は熱い吐息ひとつ洩《も》らさなかった。

下から、冷やかな眼で見つめられ、

「もう諦めたら」

と言われちゃ、男にとってこれ以上はないクツジョクだ。

おれはあれこれ考え、それならというテクニックをふるおうと決めた。

アフリカで、原人の霊に取り憑かれた美女を、一発昇天させた技だ。

そのとき——

ホテルの電話が鳴った。

電話くらい平気の平左だが、女が嫌がる。それに——相手が気になった。おれのエジプト行きなんか、誰も知らないはずだ。

「FUCK YOU」

罵《ののし》りながら、受話器を取った。

「もしもし」

「ちょっと——カイロなんかで何してんのよ?」

わ。

ゆきだった。

2

その一瞬の間に、ここを突き止められた理由《わけ》を百も考えてみたが、解答は出なかった。

したがって、

「どうしてわかったんだ？」

と訊くしかなかった。

「ふふふ」

とゆきは邪悪に笑った。

「あんたのことなら、何でもわかると言ったでしょ。地の底のロストワールドへ潜っても、あたしの眼はごまかせないのよ」

「別にごまかそうなんて思ってねえ。おまえにゃ関係ないだろ。スパイの真似なんかやめて、もっと勉強しろ。じき、受験だろ」

「お互いさまよ。それより、一緒の女誰よ？」

「そんな女はいない」

おれはシラを切った。ゆきの言いがかりが当てずっぽうという可能性も否定できないからだ。

「同じ学校の生徒をエジプトまで拉致したら、国家的問題よ」

ゆきは興奮した声を上げた。

「こっちじゃ、家族がノイローゼになってるし、あたしはインターポールに連絡しろと勧めてるわ」

「やめろ。てめえが国際問題にしたいだけだろ、このどアホ」

「言ったわねー」

ゆきは何故か歌うように返した。

「んじゃ、これからインターポールへ」

「どうして、おまえにそんな真似が出来るんだ？」

「日本のお偉いさんに、あたしの彼がいるのよ〜〜」

その手か。

「やめろ、このバカ娘」

と喚いたとき、受話器が持っていかれた。

「？」

きょとんとするおれの眼の前で、愛美——の姿をした女は、受話器に向かって、

「いい加減にしなさい。これ以上、あたしたちの仲を裂こうとしたら——」

おい⁉

「北の国の首領様に頼んで、あんたの家へ火星15号を射ちこんであげるわ」

言うなり、ガチャン。

呆然と冷たい顔を見つめてから、おれは手を叩いて笑った。

「やるねえ。いや、恐れ入った」

「それより、どうするの？」

「え？」

「続けるなら、ちゃんとブラを外して頂戴。やる気がないのなら、戻して」

「いや、それは、その」

愛美は無言で起き上がり、身支度を整えると、

「それじゃあ」

と部屋を出て行った。

おれは、がっくりと首を落とし、枕元に置いてある「コーラン」を読みはじめたが、すぐに気を取り直し、部屋中のチェックを行った。

電波、電磁波、音波、放射線——あらゆる通話機器をチェックしたが、反応はなかった。外に超小型のスパイ用ドローンでも、と思ったが、それもない。

ゆきの奴、いつの間にこんな隠密めいたやり口を身につけやがったのか。

とりあえずは日本にいるらしいが、あいつのこった。いつ航空会社のＶＩＰを誘惑して、専用機をこっちまで飛ばさないとは限らねえ。

早いとこつぶして、とも思ったが、それも大人気ねえ。危い気満々《き》だが、無視することに決めた。しかし、薄気味悪さは残る。

おれは時間を見計らい、六本木のマンションに携帯をかけてみた。

「何だ？」

いきなり、こう来やがった。アンドロイドの家政婦「順子」である。

「帰国次第、てめえのメモリをすべて入れ替えてやるぞ、この阿呆ロボットが」

「大だな。何処にいる？」

「てめえの後ろだ」

「誰もいない。ふざけるな」

「いるさ。おれの憑依霊がな。後ろの大ちゃんだ」

「おまえのくだらん妄想と付き合ってはいられん。何の用だ？」

「ゆきはそこにいるか？」

「いる。ただし、今日は留守だ」

「何処へ行った？」

「訊いたが、うるさい、このぼけなすロボットと罵って出て行った。おまえの女だ。おまえとよく似ている」

「おれの女じゃねえ。同じマンションに住んでるだけだ」

「夜中にこっそり、ゆきの部屋を覗いているのは、何故だ？　私はみな知っているぞ。はっはっは」

木偶人形め、笑ってから声をひそめて、

「密かにビデオに撮ってある。出るところへ出るか？」

「どういう意味だ。このいかれロボット」

「おまえの運命は私が握っているということだ」

おれは肩をすくめて、

「わかった。じゃあ、後は任せたぞ、この恐喝ロボットめ」

「もう一遍言ってみろ」

凄む木偶人形を無視して、おれは携帯を切った。

もうひとり厄介者が増えたが、ま、何とかなるだろう。

気分を変えて、おれは愛美の部屋を訪れた。

何となくバツが悪かったが、愛美は変わらぬ冷淡な表情でおれを迎え入れた。

「次は何処だい？」

「ロンドン」

うお。

灼熱のエジプトから、いきなり霧の国か。

「相手は誰だ？　エリザベス女王か？　シャーロック・ホームズか？」

「もう少し厄介かも、ね」

「ほお」

この女の言葉に、思わせぶりは破片《かけら》もない。少し緊張した。

「切り裂きジャックよ」

「え――？」

ロンドンへ到着したのは夜だった。おまけに、観光客用だとでもいう風に、霧が世界を覆っていた。

おれ専用のゲートを出ても、人っ子ひとりいない。

「妙な気分だぜ」

「どんな？」

愛美は少しも感じていないらしい。

「何か世界が否定されてるみたいな」

どうせ理解するはずもないとわかっているから、おれは感じたとおりを口にした。正確には、

「現在が」

だ。今、踏んでいる空港の床、四方の壁、直で外へ出られる通路、天井の照明や監視カメラ、自動消火装置等々が、実体を欠いた夢幻《ゆめまぼろし》、としか思えないのである。

正直、何度か遭遇した現象だ。となると、少し――どころか、いちばん厄介な状況ってことになる。

外へ出た。

眼の前に、愛車ロールス・ロイス＝シルバー・クラウドが停まっている。

おれはハンドルを握った。愛美は助手席だ。

「運転手はつかないのね」

別にイヤ味じゃない。正直な感想だ。持ち主がハンドルを握るロールス・ロイスなんて、前代未聞だろう。

「趣味の問題さ。この手はやっぱり押しが利く」

おれは答えて、車をスタートさせた。

「何処へ行くの？」

「ホテルだ。専用の部屋がある」

「イーストエンドへ」

と愛美は指示した。

「おい、いきなりか？」

「そうらしいわ」

何てこった、とおれは胸の中で毒づいた。

切り裂きジャックとイーストエンド。最悪最凶の組み合わせじゃないか。

切り裂きジャックとは、一八八八年に霧深いロンドンで、五人の娼婦を惨殺した殺人鬼を指す。凶器は解剖刀で、その手際の良さから医師を犯人とする説が、今なお最強だ。五人で犯行が熄んだのは、自殺したか、閉じこめられたのだろうと言われ、今なお英王室につながる人物やら、市井の画家やら、理髪師やら肉屋やら、犯人像は尽きることがない。たまに、祖父だの夫だのが犯人だったという子孫の発表が世界を騒がすが、どれも決定打にはならなかった。ジャックは今でも、ロンドンの霧に中に身を潜めているのだ。

その怪物が跳梁した場所こそ、当時の貧民窟イーストエンドのホワイトチャペルだった。すっかり近代化された現在のイーストエンドも、あちこちに狭い路地や古い石畳の道などが残され、こんな状況でひとり歩きでもしようものなら、ナイフを持った殺人鬼と遭遇しても、少しも不思議ではないと思わせる。

「何処まで行くんだ？」

と訊いたのは、ホワイトチャペルへ入ってからである。

「その通りを右へ、その次の角をまた右へ。広場に出るわ」

幸い通行人と出くわさなかったため、目的地にはすぐ到着した。

「ここよ」

と言われてロールスを停めても霧の中だ。ぼんやりと街灯の明りだけが滲んでいる。ああいうのを哀しいというのだろう。

通りの端にロールスを停めて、おれたちは外へ出た。

前方——街灯の光のさらに向うに、もっとぼんやりした光が滲んでいる。

いきなり、右の方から足音が走り寄って来た。

成程な。

おれはナイフをふり上げたそいつの胸元へ跳びこむや、腰車をかけた。小さいが精妙な技は見事に決まって、石畳の地面に叩きつけられたそいつは、悲鳴と吐気を一緒に吐いておとなしくなった。

街灯の光の方から足音が駆け寄り、面白い格好の女に化けた。高く結《ゆ》った髪にボンネット・コートの下は、腰の辺りでぎゅっと絞めたドレスで、モデルみたいにきれいな腹部の線《ライン》はコルセットのお蔭だ。そう言えば、ぶん投げた奴も黒いシルクハットにマント——何処から見ても一九世紀ヴィクトリア朝の服装《いでたち》じゃあないか。

「助かったわ」

と女が言った。雑駁《ざつばく》な下町英語だ。

「酒場を出てから、ずうっと尾けられていたのよ。こいつが切り裂きジャックに違いないわ」

ふっくらとした中年女へ、

「あんた名前は？」

と訊いてみた。

「エリザベス・ストライドだよ」

確かジャックの三番目の犠牲者だ。

女は手にしたバッグからケース付きのナイフを取り出し、おれに手渡した。

「こんな奴――刺し殺しちまっておくれな」

「いいとも」

おれはケースからナイフを抜き取り、足元の男の横にしゃがみこむと、一気に喉を切り裂いた。

血が飛んだ。

「ジャックが死んだわ」

とストライドが叫んだ。

「見ておくれ。ロンドンの殺人鬼が、通りがかりの人に殺されちまったよ」

次の瞬間、周囲から凄まじい拍手が湧き上がった。霧の中に扇状に配置された客席が並んでいたのだ。

ストライドが手を出した。おれは刃のついていないナイフを鞘ごと手渡した。ナイフの刃は二重になっていて、刺しても切っても、内部に仕込まれた芝居用の血糊が噴き出す仕掛けだ。

ストライドが眉を寄せ、

「ひどく落ち着いてるわね。ひょっとして、関係者？」

「ＮＯ」

と答えたが、おれは、車を下りたときから客たちの存在に気づいていた。

　ストライドが不意に身を屈め、ジャックをゆすって、

「ちょっと泡吹いてるわ――ベックフォード、バネン来て。サミュエルがおかしいのよ！」

3

　打ち所が悪くて――意図的に投げたから――眼を廻したジャックことサミュエル君を、仲間たちが霧の中へ連れ去ると、ストライドは改めて、

「私は劇団『イーストエンド・エンジン』を主宰しているエヴァ・ギャリーンと申します。あなたはどなたですの？」

　美しいキングス・イングリッシュで訊いた。

　おれも名乗って、観光客だと告げた。

「ご存知でしょうけど、これは一般人も巻きこんだ即興芝居です。本来はサミュエル――ジャックが私を殺すのですが、通りかかったあなたに目標を変えました。普通は立ちすくんだあなたに芝居ですと告げる手順なのです。でも、そんな暇もなかったわ。日本の柔道ですか？」

「イエース。コシグルーマ」

「さすが、ライヒェンバッハの滝でホームズを救った神秘のバリツですわね。みなさん――素晴しい飛び入りの御方に拍手を！」

凄まじい拍手の風圧で霧が揺れ、客たちの姿が見えた。三百人はいるだろう。みな霧を透かすゴーグルを着けている。

「どーもどーも」

と投げキッスをしながら、おれは愛美を捜した。

いない。

戦慄が喉から、

「しまった」

を叩き出した。

今度の〈守り人〉は切り裂きジャックだと、愛美は言った。そして、ジャックは今運ばれ、愛美の姿はなかった。

「ジャックは――いや、サミュエルは何処に？」

相手を怖気づかさぬようにと、おれは落ち着いて尋ね、

「あの明りが、とりあえずのオフィスです」

と訊いた途端にそこへ向けて走り出した。

プレハブの小屋のドアを押し開けると同時に霧が流れこんだ。

大きな石油ストーブが三台、椅子とソファとパソコンを並べた机、あとは横に倒れたベックフォードとバネン君だけだ。

調べたが、生命に別状はない。麻痺線か超音波でやられたらしかった。ジルガで活を入れてもすぐには効かなかったが、ベックフォードが二度目で眼を醒ました。

「サミュエルは何処へ行った？」

彼はまだ麻痺の退かない顔をしかめて、

「わからん。ここへ担ぎこんで医者を呼ぼうとしたところへ、娘が入って来た。あんたと同じ東洋人だ。途端にサミュエルがおれたちを娘へ突きとばし、裏のドアから外へとび出して、おれたちは娘にぶつかる前に、気が遠くなって……」

「お大事に」

外へ出て、数メートル進んで、石畳の道に耳を押しつける。振動が伝わって来た。

西北西――約二百メートルの地点だ。

跳ね起きるなり、おれは全力疾走に移った。

のばした手の先が見えないというロンドンの濃霧も、おれの眼には、薄い狭霧《さぎり》程度だ。すぐに人影が見えた。片膝をつき、すぐ前の街灯に片手をかけて身体を支えている。愛美だ。

何となくホッとした。

駆け寄って声をかけると、

「大丈夫よ」

冷たい声がすっきりと返って来た。無表情は変わらない。

「ジャックはなかなかの大物だわ。大――気をつけて」

「何でやられた？」

「多分、思念よ」

いちばんポピュラーだが、いちばん厄介な武器だ。影も形もなく、モーレツなのになると、こちらが手を出せない遠距離から攻撃をかけて来る。

「呪いか？」

これは当然の質問だ。いわゆる物を動かしたりする物理的思念《テレキネシス》なら、距離を取ったり、障害物を置いたりで撥ね返せもするが、呪いとなると距離も障害物も、時間さえ無関係に襲って来る。石器時代の呪術師がかけた呪いが、現代の子孫を殺害した例をおれは知っている。呪殺された現代人は、狩猟の最中に山の中で霧に迷い、石器時代にタイムスリップした挙句、襲って来た若者を射殺したが、その父親の呪いを受けて数年後に衰弱死した。呪いとはかくも強力で執拗で不気味な代物なのだ。

「いえ、テレキネシスよ。ただ――」

愛美はためらった。おれの首すじを冷たいものが流れた。

ホワイトチャペルへ入ったときに感じた、あの違和感は――まさか⁉

周囲の闇が包囲を縮めた。

街灯を見上げた。

「おい」

おれは愛美に声をかけた。愛美は見もせずにうなずいた。

「ガス燈ね」

「ああ。みなそうだ。それに建物がみな変化してる」

遠くで蹄と轍の音が聞こえた。

「ジャックの野郎、時空間を歪曲できる念力《パワー》を備えてたか。ここは一八八八年――本物のあいつが跳梁してたロンドンだ」

おれは憮然として言い放った。

まず考えたのは、

「いいか、一切、この時代のものを壊したりするな。完璧にゃ無理だろうが、出来れば蟻一匹踏みつぶしちゃならんし、飯も食わん、水も飲んじゃいかん。一八八八年の世界には、おれたちがいないことになってるんだ。おれたちが派手なことをしたら、歴史全体が変わっちまう」

「わかっているわ。でも、ジャックにはどうかしら」

「それだ。出来れば今晩中に決着をつけたいもんだ」

「私に任せて」

「いか――ん」

「彼が何処にいるかわかるのは私だけよ。放っておけば、何も知らない彼が何をしでかすか」

「多分、大丈夫だろう」

「どうしてよ？」

「彼がこの能力を使うのは初めてだとは思えねえ。それに阿呆でない限り、今言ったタイム・パラドックスにも気がついてるはずだ。世界が変化していないのがその証拠さ」

「意外と甘いわね」

「何がだよ？」

「変わってるのに気がつかないだけかも知れないわよ」

とうとう口にしやがった。それを言っちゃおしまいよ。おれも含めて世界中の人間が、自分は同じ場所に住んでいると思っている。

だが、盤石だと思っている大地は、実は深海の岩場かも知れず、自分も水中を泳ぐ魚類にすぎないかも知れない。誰かが文明世界という虚妄な設定を作り上げ、おれたちを、そこの登場人物として放りこんだのかも知れないのだ。ＳＦなんかでは昔からよく扱われて来た「人類家畜テーマ」の変形だが、まあ今あれこれ言っても始まらない。

とにかくこの世界は不変と信じ、ジャックを捕まえるのが先だ。

「いいか、絶対に殺したりするなよ。おれたちを現在へ戻せるのは、あいつだけなんだ」

「それは保証できないわ。私は任務が最優先事項なのよ」

なら、おれが捜すしかない。

おれは腕時計を調整し、今日の日付と時刻を出した。

一八八八年十一月八日、午後九時五七分。場所は「コマーシャル・ストリート」だ。

待てよ。ここは――

「ここを北へ進むと左手に『ミラーズ・コート』という一角に出るわ。そこの『ドーセット・ストリート』を左へ折れると、すぐ右方に貸間長屋がある。そこの一階左角の部屋が」

そうだ！　おれは両手を打ち合わせた。

そここそは、切り裂きジャック事件の最後の犠牲者の部屋だ。

「あの女性《ひと》はエリザベス・ストライドじゃないのよ」

愛美が言った。

わかってるとも。

だが、何てこった。

即興芝居のジャック役、サミュエル某を、おれは役者だと思っていた。しかし、その行方がわかる愛美は、現実の犯行現場を口にした。そこにサミュエルがいるのだ――本物のジャックが！

おれは霧を裂いて走った。

現実の記録によれば、犯行は翌九日の午前三時から四時とされている。凶行まであと五時間。

しかし、とおれの頭の奥の冴えた部分が問いかける。それがどうしたっていうんだ？

現実の切り裂きジャックの最後の犯行に、おまえたちが関わってどうする？　よく考えろ。犯行はすでに起こると決まってるんだ。それと、未然に防いだりすれば、未来は変わってしまうぞ。

メアリ・ケリーは生き抜き、その子孫はとんでもないことをやらかすかも知れない。核爆弾のスイッチを押すような。ジャックの正体は暴かれ、それによって世の糾弾を受けた家族は自殺、遺族のひとりが復讐に狂って、将来、やっぱりロンドンへ核ミサイルを射ちこむスイッチに手を触れるとか。

しかし、と別のおれが応じる。

あと数時間後、ひとりの娼婦がズタズタにされる。その時刻も場所もわかっていながら、放っておけるのか？

ＮＯだ！

おれは足を止め、ふり向いた。背後から小さくかすかについて来た愛美の足音が消えてしまったのだ。へたばったとも思えねえ。何、企んでやがる。

辻馬車の音がさらに背後から近づいて来た。それを見つけたのか。

轍の音は停止し、少ししてまた走り出した。当然、こっちへ来る。

おれの耳は、反対側から近づいて来る別の音も聞きつけていた。

しまった。お巡りだ。

ランタンの光が顔に命中した。ひとつじゃない。ジャック事件以降、ロンドン警視庁は警官を大増員して、イーストエンド一帯の巡邏に当てていたのだ。

「何をしている?」

ひとりが訊いた。

都合四名。その気になれば二秒以内に片づけられる人数だが、愛美の馬車が気になる。向うは気にしていなかったらしい。石畳を踏みつける凄まじい音をたてて、馬車はおれの眼の前を走り抜いた。

跳び乗ろうとする前に、屈強な人影が立ちはだかった。右手の警棒をふり上げて、すでに戦闘態勢だ。

馬車は走り去った。

「何をしている?」

眼の前の男が訊いた。

「何も」

おれも頭に来ていた。キングス・イングリッシュ式の発音が、警官どもの疑惑と緊張を和らげた。

「名前と住所を言いたまえ」

「やだね」

言うなり、おれは前の警官の鳩尾に前蹴りを叩きこんだ。鍛え抜かれた筋肉が押し返し――しかし、神経をやられた身体は、二つ折りになって前のめりに倒れた。

「抵抗するか⁉」

あとの二人がとびかかって来たが、どいつも大男で、しかも、警棒に頼りすぎだ。ふり上げる、構える――それだけで、自由な動きは大幅に制限される。

ふり下ろされる樫の棒を造作もなく躱しながら、おれは蹴りだけで瞬く間に三人をKOしてのけた。この時代の外国人は、蹴りの怖ろしさを知らない。空手が世界の目を席捲するのは、百年以上未来だ。

「ソリー」

と言い残して、おれは馬車を追って走り出した。

愛美はジャックことサミュエル某を始末するつもりなのだ。

メアリ・ケリーの貸間長屋にはすぐ着いた。陰気な路地に面した煉瓦造りの建物は、死の影を湛えて霧の中に浮かんでいた。

ドアには鍵がかかっている。窓が二つあるが、明りは消えてカーテンも下りていた。

娼婦なら仕事の時間だ。

おれは舌打ちして、記憶を辿った。殺害される前にメアリは何処にいたのか。記録は残されていない。イーストエンドの何処かで客を捜していたのだろう。

「愛美め、おまえにはわかってるんだろうな。だが、殺すなよ」

その前に捜し出さなきゃならん。

おれはポケットから、折り畳み式のドローンを取り出した。アイスクリームの平板に紙の翼を張ったようなメカニズムの最先端は、即座に霧の夜空へと舞い上がった。

内蔵した超小型カメラの見たものは、腕時計のモニターへ映し出される。しかし、当ては全くないのだ。勘と運に頼る他はない。

第六章　白い世界の声

1

娼婦にも縄張りがあって、地元以外で稼ぐのは私刑《リンチ》覚悟になる。それでも、明日のパンが買えないとなれば、彼女たちは私刑覚悟で越境した。

となると、捜索範囲は倍広がる。

こんな時間だ。通りを行くのは酔っ払いか、女漁りの変態に限られる。

ドローンは約一時間をかけて、おれの記憶にあるジャック事件の関係地点を走査し抜いた。

第一の犠牲者メアリ・アン・ニコルズが殺害されたバックス・ロウ——通りの名だ——から、ホワイトチャペル駅周辺。

第二の犠牲者アニー・チャップマンが切り刻まれたハンベリー・ストリート一帯。

第三の犠牲者エリザベス・ストライドが殺されたバーナー・ストリート辺り。

第四の犠牲者キャサリン・エドウズが喉を裂かれたマイター広場《スクエア》。

勿論、これから生じる第五の犠牲者メアリ・ケリーの貸間長屋があるミラーズ・コート一帯もだ。

何処にもケリーはいなかった。愛美もだ。酒場の内部《なか》にも入った。こんな時間に開いているのは安酒場ばかりだ。可能性としてはいちばん高い。

メアリはこの夜、男といるところを二度、目撃されている。最初は午後十一時四五分頃、近所に住む娼婦コックスが、客らしい男と部屋へ入るメアリを見かけ、声をかけている。メアリは、「今晩は」と答え、鼻歌まじりで男と一緒に部屋へ入った。

コックスによると、男は三十六歳くらいで中肉中背、赤い口髭と頬鬚を生やし、古い黒のコートとズボン、フェルト帽をかぶり、ビールのジョッキを手にしていたという。

ただし、その後、ハッチンスンという労働者が午前二時頃、ミラーズ・コートからさして離れていないスロール・ストリートで、男と一緒のメアリを見かけた。日頃からメアリ――犠牲者の中では最も若くて美人だった――に想いを寄せていたハッチンスンは二人の後を尾けて、部屋へ入るのを確かめ、午前三時頃まで部屋の外に立っていたというが、二人はそれきり出て来なかった。ジャックは、その性癖からして、自らの解体作業を確認しながら行ったに違いない。つまり、ランプくらいは点けておいたろう。このとき、ハッチンスンがもう少し強い嫉妬と好奇心を持っていたら、割れた窓ガラス――メアリと情夫が喧嘩した挙句、破壊したもの――

から手を差しこんでモスリンのカーテンをずらし、女体にナイフをふるうジャックの姿を目撃していただろう。

男＝客は、三十四、五歳、黒髭を生やし、毛皮の襟付きの黒いコートに黒いズボンを着て、黒いフェルト帽をかぶっていた。この風貌が、コックスのものとも一致し、各警察署に似顔絵と人相書きが送られたが、該当者はついに出なかった。

恐らく時間的に判断してハッチンスンが目撃した男こそ、ジャックだったろう。

勿論、スロール・ストリート周辺もしつこいくらいに洗った。

だが、出ない。愛美もだ。みんなして何処行きやがった。

午後十一時半。おれはミラーズ・コートのメアリ・ケリーの部屋の前へ移動した。

あと十五分で、最初に目撃された男とやって来るはずだ。

そのとき、メアリを拉致してしまえば、サミュエル＝ジャックの凶行は防げるのか。

遠くで呼笛の音がした。

複数の音があちこちで呼び交わしつつ、こちらへ近づいて来る。さっきぶちのめした警官が復活したか、仲間が見つけたのだ。危《やば》い。

隠れるところを捜したとき、長屋の左端に、もうひとつ入口があった。

地下へ階段が続いている。そこから、女がひとり現われた。その顔は――

「愛美⁉」

驚きの声を押し殺した。愛美がこちらを向いて、唇に指を当てたのだ。何処で着替えたのか、外套、ドレス、靴までこの時代のものだ。

おれが動く前に駆け寄って、

「黙って、いらっしゃい」

おれの手を取って、メアリの部屋の方へ歩き出した。

もう片方の手をノブにかけると、鍵はあっさり外れた。

「どうするつもりだ？　何をしてる？　あの地下は何だ？」

「バーよ」

「バー？」

「非合法のね。この長屋の大家が営業してるの」

「じゃあ、メアリは？」

「メアリ」

名前が呼ばれた。通りに、これも娼婦らしい格好の女が立っていた。コックスだ。

愛美は片手を上げて挨拶すると、鼻歌を歌いながら、ドアを押して中へ入った。おれも一緒だ。

ドアを閉めると、

「おい、ひょっとしたら、あのコックスが目撃したメアリと男てのは、おれたちのことか？」

「そうね」

愛美の声は落ち着いている。

「この霧で闇夜だ。けど、おまえはともかく、おれがフェルト帽の男と間違われるとは思えねえ」

言ってから気がついた。今のコックスの声は――

「酔っぱらっていたのよ。証言はみんな妄想。頭の中にあった想像のジャックを引っ張り出したんだわ」

「迷惑な女だな」

おれはこう言って、メアリの部屋を見廻した。

おれの記憶してる資料によると、広さが十二×十フィート（約三・六六×三メートル）のワンルームで、左側にテーブルと椅子と小さな衣裳ダンス、右側にベッドサイド・テーブル、その向うにベッドがある。通り《コート》に面して窓が二つ。入って正面の突き当りが暖炉で左手に洗面兼調理台、右隅に食器棚が立ち、暖炉の上には安物の版画が立てかけてあった。確か「漁夫の後家」って絵だ。そのベッドの上で、史上稀な惨殺死体が発見されるのは、明日のほとんど正午――半日後のことだ。

「今まで何してた？」

おれはまずこう訊いた。

「サミュエル某《なにがし》こと切り裂きジャックを捜していたのよ。さすがに歴史に名を残すだけあって、隠形の術にも優れているわ。とうとう見つからなかった」

「さっきのバーは何だ？」

「ジャックを捜している最中に、ホワイトチャペル駅近くのバーの客から聞いたの。ひょっとして、と思って来てみたら、彼じゃなくてあなたがいたわ」

「オッケ。もういいんだ。おまえがいさえすれば、とりあえずはサミュエル＝ジャックを捜す必要はない。奴もメアリも必ず戻って来る。それまで待とう」

「同感よ」

「ところで、その服何処で手に入れたんだ？」

「この時間も開いてる古着屋があったのよ。何となく時代に合わせてみたくなったんだ」

おれは内心、へえと洩らした。

太古の狩人《ハンター》の魂を宿した娘にも、こんな普通さがあったのか。おかしな役目を負いさえしなきゃ、安らかに眠れるものを。

一八八八年の冬の時だけが経っていく。

おれは急に空腹を覚えた。

それを読んだごとくに、

「お腹が空いた？」

「ああ。おまえを捜すのに夢中で飯を食わないようにしてた。おまえはひょっとして――」

「酒場でシチューを入れたわ――はい」

胸もとへ手を入れると、何かがとんで来た。

パンとチーズの塊だ。どちらも石みたいに硬いが、この際ありがたい。

「どう？」

平然とパクついてるおれに愛美が驚きの眼を向けた。

「現代人ならとても食える代物じゃねえが、郷に入りては、だ。この時代のイーストエンドじゃ、常識的な食いものだな」

「確か上流階級の人たちは――」

「牛のソテー、雉《きじ》の丸焼き、十遍も濾《こ》したポタージュに柔らかいパンと、ひと口で虫歯になりそうなパイとケーキか。とどめはドイツ・ワイン。それで太りすぎになって早死にする奴もいれば、このパンとチーズからのし上がって、成金になる奴もいる。人間、本人次第さ。身分がどうって話じゃねえ。切り裂きジャックだって、王室のひとりという説もあるんだ。何処に生まれついても苦労は付きものさ」

「楽しい考え方ね」

「イエイイエイ」

と両手でVサインを作ってから、おれは、

「寝る」

と言って、メアリのベッドに横になった。少々疲れてもいた。問題の二人が戻って来る午前三時まで、ひと寝入り出来るだろう。

時間が来れば、体内時計が起こしてくれる。

「胆《きも》が太いこと」

愛美が呆れ顔で言った。

「性分でな。おまえも休んだ方がいいぞ」

「少し寒いわ」

おれは両手を広げた。

「カモナ・マイ・アーム」

驚いたことに、愛美は入って来た。並んでベッドに横になって、おれたちはカーテンの隙間を流れる白い霧を眺めた。

足音が近づいて来た。

二人にしちゃ早すぎるなと思ったら、女の足音だ。すると——

ドアの鍵をがちゃがちゃやる音がして開いた。愛美が開けたドアの鍵は、ドアを閉じるとかかったらしい。

部屋よりも外の方が明るいらしく、浮かび上がったシルエットはやはり女のものだった。手にバッグを持っている。

入ってすぐ気がついたらしい。商売柄、強盗の類には敏感なのだろう。

戸口で、誰よ⁉　と叫んだ。気は強そうだ。

「あ、ごめんなさい」

おれは育ちの良さそうな声で詫び、愛美と一緒にベッドから起き上がった。

「泥棒？」

女は低い声で訊いた。戦いも辞さぬ口調だ。

「いや、その――あ、通りすがりの者です。その――ちょっと、ベッドを貸して欲しくなって」

「幾つ？」

「十八でーす」

「やりたい盛りね。でも、鍵がかかってたでしょ」

「あ。窓から」

女はちら、とそっちを見て、

「若いのは仕様がないわね。何も盗んでない？」

「勿論です」

「ま、盗られるものもないけれど。いいわ、二シリングで貸したげる」

反射的に、

「高え！」

おれは叫んだ。シングル・ベッド付きの木賃宿がひと晩四ペンスの時代だ。ちなみに、十二ペンスが一シリングに該当する。

「何が高いもんかね」

女が喚き出した。

「ここの部屋代が週四・五シリングだよ。その半分以下で、しかも二人と来たら、底値に近い値段じゃないか」

「わかった。払うよ」

おれは、きっぱりと言った。

待てよ。まだ、この時代の貨幣に替えてないぞ。相手は海千山千の娼婦だ。とぼけて現代の札や硬貨を使っても、まずバレちまうだろう。

頼もしい相棒が問題を解決してくれた。

愛美が女に滑り寄り、はい、と硬貨を手渡したのだ。さてどうなるか、と思ったが、女はしげしげとそれを眺め、

「確かに」

とバッグに納めた。

「ほんじゃ、あたしは行くよ。済んだら出てっとくれ」

「あ、どーも」

挨拶してから、おれは麻痺線の狙いをつけた。

間に合わなかった。

女は素早くドアを閉めて、駆けつけた警官と問答をはじめた。

「何処へ行く？」

脅しのような詰問に、

「ひと稼ぎですよ、ベルモットの旦那」

詰問者の声がゆるんだ。

「何だ、メアリか。ここがおまえの家か？」

「左様で」

「誰もいないな？」

「見てみます？」

「それには及ばん——他所を捜すぞ」

他の仲間にこう告げて、警官は行ってしまった。

おれは安堵の息を吐いた。

「あと一時間で戻って来るわよ。切り裂きジャックと一緒に。今のは単なる一時帰宅。私のお金で一発飲《や》りにいって、そこで引っかけたのね」

「引っかかったのかも知れんぞ。ジャックはサミュエルだ。自分の役割は心得てる」

「助けてもいいのね？　未来が変わるかも知れないわよ」

「放ってもおけねえよ」

「なら、ここへ来る前に、あたしがジャックを処分するわ」

「それも待て」

「駄目よ」

愛美の声が氷に化けた。

「〈守り人〉は死ななくてはならないわ。この星の未来のために」

「その未来が変わっちまうぞ。あいつはジャックなんだからな」

愛美は少しためらい、

「あの女を助けても未来は変わってしまうわよ」

と言った。

おれは声に出さずに、うーんと唸った。

2

　唸っても時間は過ぎていく。

　おれはドローンを飛ばして、メアリ・ケリーの様子を探りながら、暗い部屋の中で待ち続けた。

「来た」

と言ったのは、ほぼ一時間後である。

　ドローンがスローン・ストリートをやって来るメアリと男を捉えたのだ。

　同時に、うっと洩らした。全身を痺れが襲う。愛美の術だ。阿呆が。どうしてもジャックを——サミュエルを殺す気か。

　二人の足音が戸口に辿り着いた。

　愛美の右手が戸口へとのびる。

　わわ、来るな。

　ドアが開いた。

　真っ先に入って来たのは、

「おい」

　咎めるような声だった。

　二人がふり向く気配があった。

　そうか！　今、外にはもうひとりいたのだ。メアリに惚れていたハッチンスンという労務者が！　警察での証言によれば、奴は二人が部屋に入るのを黙って見ていたという。嘘だったのだ。


「何よ、あんた？」

　メアリの声がした。

「そんなところで何してんのさ？　さっさと行っちまいな！」

　それでもハッチンスンは愚図っていたようだ。

「ちょっと」

　メアリが、邪魔者の方へと歩き出した。

　それを押しのけるようにして、ハッチンスンがお客——ジャックへ突進した。

　多分、ジャックも酔いが廻っていたのだろう。

　げっ、と吐く息には苦痛が混じっていた。刺されたのだ。

　次の瞬間、暗黒がおれを包んだ。

　すぐに意識は戻った。おれは戦慄した。意識を失った間に何が起ころうと、手も足も出ない。おれにとっちゃ、殺されたのと等しい。

　麻痺は消えていた。かたわらに、愛美が仰向けに倒れている。こっちもすぐに上体を起こした。

　周囲を見廻してからおれを見て、

「ここは、何処?」

と訊いた。

かなり広い通りだ。左手にでかいビルが建っている。夜眼を利かせた。どうやら駐車場ビルだ。

「ここはミラーズ・コートの跡だ」

とおれは言った。

「おれたちは現在に戻って来ちまったんだ」

「どうして?」

「ジャックが刺されたろ?　そのショックで、時空間移動能力が消えたんだ」

「じゃ、あいつも?」

ジャック=サミュエルの姿はない。

何処行きやがった、と眼を凝らしたとき、ビルの方から人影が近づいて来た。懐中電灯がおれたちを丸く照らし出した。

「そこで何してる?」

「あ、酔っ払いでーす」

おれは素早く答えて、ゲップもつけた。

しかし、人影——警備員だろう——は、足音も高く近づいて来た。

えーい、面倒な。

ＫＯしてやれと、おれは酔ったふりしながら、パンチの準備を整えた。

その前に——愛美が右手を上げた。

またも暗黒が世界を包んだ。

おれたちは、路上にいた。

ここは、一八八八年一一月九日の早朝——あるいは八日の深夜だ。周りの様子から見て、コマーシャル・ストリートの上だ。愛美もいる。体内時計を感じて、

「しまった」

おれは走り出した。目的地は、二十メートルばかり右を曲がったドーセット・ストリート。メアリの部屋だ。

珍しく絶望がおれの胸を占めていた。時刻は午前五時十七分。メアリとジャックが戻って来たときの時刻は午前三時少し前。メアリの死亡時刻は午前三時から四時の間とされている。

もう——手遅れなのか。

脳裡に、ここまでの経過が閃いた。

刺されたジャック＝サミュエルが現在へ戻ったのは、ほんの数分だったのだ。そして、へたばったおれと愛美を邪魔にならない場所——ここまで移動させ、自分はすぐに過去へと戻ったのだ。暗い欲望を満たすために。いや、歴史を遂行すべく。恐らく手傷は大したこともなかっ

たのだろう。ハッチンスンは、ジャックに怯えて逃亡したか、反撃に遇ってＫＯされたか——いや、恐らく口止め料を貰ってとんずらこいたのだ。でなければ、警察に駆けこんだに違いない。後の証言から考えて、二時間以上ダウンするほどの被害を受けていたとも思えない。

戸口が迫って来た。

鍵はかかっていなかった。ジャックはもう逃げたのだ。

内部は——

変質者が、死体の解剖——というより解体に好きなだけ時間をかけたらどんなことになるか。血まみれのベッドが後世に伝えている。

「アーメン」

とつぶやいてから、おれは愛美がいないことに気がついた。

足音が、方角からして、少し離れたコマーシャル・ストリートを南へ駆けていく。その先にジャックがいるのだ。

おれは凄惨な歴史の舞台から身を翻した。

コマーシャル・ストリートへ出た途端、おお、ラッキー！　辻馬車が来た！

おれはその前に立ちはだかり、強引に乗りこんだ。

おれの服装を見て戸惑う御者に、一ポンド硬貨を放った。未来の貨幣だが、何、暗いしわかりゃしねえ。

御者はポケットへ収めて、馬に鞭をふるった。

ん？　愛美の足音に、そちらも轍の音が重なった。向うも辻馬車を見つけたのだ。

「このまま進むとテームズですぜ。いいんですか⁉」

御者が怒鳴った。

嫌な予感がした。しかし――

「行け」

と言うしかねえ。

ドローンを飛ばそうとしたが、無反応だった。さっき、時間の谷間に落っこちでもしたのだろう。

テームズ――テームズ河。ロンドンと海とをつなぐのみならず、イギリスを代表する大河川である。

全長三百四十六キロの流れは、ロンドンの西、コッツウォルズのケンブル村に源を発し、オックスフォード、イートン等を辿ってロンドンに注ぐ。イギリスそのものともいえる大河だが、やはり、その名はロンドンとともに語り継がれるだろう。

ジャックはそこを目指している。

到着したのは、ロワー・テームズ・ストリートだった。その先の倉庫街を抜ければ、テームズの黒い流れが夜明けの光に浮かぶ。霧はなおも残り、朝日を拒んでいた。

馬車を下りるや、おれは真っすぐ進んだ。二人が何処かはわからないのに、足は自然に動いた。勘だ。おれの生命を数え切れないほど救って来た霊感ともいうべきものが、ここでも働いたのだ。

ぷん、と油臭い潮の匂いがした。

前方に人影が浮かび上がった。

愛美だ。右手を上げている。その先に、フロックコート姿の男の影が立ち尽しているではないか。おお、ジャック。

「待て」

とおれは叫んだ。

だが、愛美の手から見えない波が走り、ジャックはのけぞって——向う側へ消えた。

テームズの岸辺だったのだ。

水音が上がり——数秒遅れでおれは黒い水を覗きこんでいた。

何か黒いものが流れていく。

沈んだ。それきり、出て来なかった。

後世に、この日以降の水死体のひとつがジャックだとは伝わっていない。

愛美が近づいて来た。

ちら、と流れを追って、すぐおれに向き直った。

「殺ったか?」

「わからないわ」

「?」

「命中はしたけど、致命傷になったかどうか。私たち——現代へ戻ってないわ」

そう言やそうだ。ここへ連れて来たのはジャック＝サミュエル某の魔力だ。それが解けない限り、奴は生きてる。そして、おれたちは奴が死ぬまでこの世界に留まる他はない。

「メアリは?」

愛美が訊いた。おれは肩をすくめた。

「歴史は変えられなかった。そして、ジャックは死んでても生きていても見つからない」

「ひとつ気になることがあるわ」

おれはうなずいた。愛美も気づいていたとみえる。愛美が、

「メアリは——」

と言ったとき、めまいが襲って来た。

次の瞬間、おれたちは前よりずっと広い通りの上に立っていた。

クラクションが鳴った。すぐ横を軽トラが通過していく。ん?　TOYOTAだ。

周りの建物もずっと新しい。

現代に戻って来たのだ。

「ジャックは死んだわね」

一八八八年十一月九日以後も、ジャックの犯行だといわれる事件は数多い。だが、おれたちだけは知っている。切り裂きジャックは今もテームズの底に沈んでいるに違いない。

すでに明るい。

現代のロンドンの街は、眠たげな陽光に包まれていた。

おれたちは、イーストエンドの広場へ戻った。

客はいないが、スタッフらしい男が二人残っていて、おれたちを見ると、駆け寄って来た。ごつい方が、

「霧ん中に消えちまったかと思ってたら、無事だったかい。よかったよかった」

「サミュエルはどうした?」

と訊いてみた。

「サミュエル? 誰のこった? 最初からいねえよ、そんな奴」

「おれたちが追っかけてった男だよ」

「あんた方は、いきなり走り出したんだよ。こっちは呆気に取られたぜ」

「彼と、ストライド――ギャリーンさんを待ってたんじゃないのか?」

「忘れ物がねえか、見に来ただけさ。こういう芝居をやった後は、警察が細かくチェックして、文句をつけて来るんでな」

すると、もうひとりの痩せこけた方が、

「なあ、もうひとりのギャリーンさんって誰だい？」

と訊いて来た。

「おたくらの劇団の主宰者だよ」

答えながら、おれは胸の中で嘆息した。そういうことか。

「そんな女いねえよ。主宰者は彼さ」

ごつい方が上半身を折って、恭しく礼をしてみせた。

「そうか。勘違いだったよ――迷惑をかけたんじゃなきゃいいけど」

「とんでもねえ」

二人は破顔した。

「あんた方の登場《ハプニング》で芝居は大盛り上がりよ。礼を言いてえくらいだ」

差し出された手をおれは固く握った。

未来はやはり変わっちまった。二人の存在の喪失が、どう広がっていくかは不明だが、大したことはないと思うことにしよう。

おれたちは、朝の光が満ちはじめた現場を離れた。

ロールス・ロイスは元の場所にあった。

乗りこんで、

「次は何処だ？」

「もっと寒いところよ」

「ほお、アラスカか何処かか？」

「甘いわね」

おれは助手席の愛美を見つめた。

ま、今からわかっちゃ面白くねえか。

おれは黙ってロールスをスタートさせた。

3

雪上車を下りると、いきなりブリザードが叩きつけて来た。

幸い視界を白く閉ざされる前に、安全服の保温ヘルメットがすべて溶かしてしまう。

おれたちのいる場所はアメリカのマクマード基地から東へ五百キロの地点で、南極横断山脈の麓にあたる。

最低気温マイナス九三・二度の極限下に人間が定住するのは困難だが、この土地に関する条約を締結した五十三ヵ国のうち三十ヵ国以上の基地や研究所が設けられ、常時、千～五千人が勤めているとされる。

前方に白い山脈の偉容と、小さなカマボコ型の宿舎が見えて来た。

「ロンドンより寒いのは確かだな」

ヘルメット内のマイクへ告げた。

「まさか南極とは思わなかったぜ」

「少しの我慢よ。ここまでだって、ひとっ飛びだったわ。あなたお金持ちなのね」

「まあな」

ジャックの件が片づいたその日のうちに、おれはロンドンから一気に南極へ飛んでしまったのだ。

南極点まで百メートル足らずに建つアメリカのアムンゼン・スコット基地の滑走路に着陸し、探検用の機材を積みこんですぐ、目的地へ向かった。

アメリカ政府には年一億ドルの南極開発用の費用を寄付してあるため、この基地の他にも、ロス島のマクマード基地——こいつはアメリカ、つまり世界最大の施設だ——及び同額の寄付を行っているロシアの南到達不能極基地にも、おれ専用の施設が一棟設けられているのだ。無論、おれが資金提供している軍や民間の会社から最新の雪上車やイオン・ジェット機、掘削機、分析装置等が送りこまれ、時間幾らで各国に貸し出している。

カマボコ宿舎の前には、斜めに傾いたポールに、絵文字入りの三角旗がちぎれかかっていた。米マサチューセッツ州アーカム市ミスカトニック大学の校旗である。

半月前に創設以来三度目の極地探検に挑んだ隊員のひとりが、おれと愛美の目標なのであった。

逃げられると困るから、隊長のリーデンブラック教授にだけ、トランプ大統領直々の連絡が行っているはずだ。

ドアをノックした途端に、内部で一大パニックが勃発したのがよくわかった。

零下六十度、風速四十メートルのブリザードが荒れ狂う中を、ノックを知っている誰かが訪ねて来たのだ。

「誰だ?」

と声がかかるまで、たっぷり一分が経過した。

「アーバックルはいるか? オスコー・アーバックル」

ブリザードの音に声はたちまち持っていかれてしまう。ヘルメット内のコンピュータが状況を判断して、相手に届く音量に設定するから、静かなところで聞くと、かなり凄いドラ声だろう。

「いるとも——大層なものを発見しちまった大功労者だ」

「開けてくれ」

「おい、何者だ?」

「日本からの観光旅行者さ。リーデンブラック隊長にそう言ってくれりゃあわかる」

「日本からの――観光客ぅ？　ど、どうやってここまで来たんだ？」

「忍術を使ったんだ」

「ニンジュツ？　おー、わかった」

いきなり納得した口調になったので、おれは驚いた。

「なら、こんなブリザードくらい目じゃねえな。そうか、ニンジャだったのか」

どうやら、三百年も昔の諜報員を、スーパーマンかX－メンと勘違いしているらしい。それで事が円滑に進むなら結構だ。

ドアが開いた。

安全服姿のおれたちを見て、そこにいた三人の隊員が眼を丸くした。

「どけどけ」

と隊長らしい痩せて小柄な中年男が駆けつけて来た。学者は探検家じゃあない。屈強である必要はない。

ヘルメットを外したおれと愛美を見て、

「ミスタ八頭かね？　大統領から話は聞いているよ」

にこにこ顔の中に、こんな若いのが、という表情が隠せないでいる。

唖然とする隊員たちへ、

「えー、ミスタ・オスコー・アーバックルはどちらでしょう？」

おれは丁寧に訊いた。新参者が反感を持たれるのはわかっている。ここはスマイルだ。

「奥にいる。来たまえ」

どの隊員よりも頭ひとつ高い男が、顎をしゃくった。

「副隊長のフランク・アーミティッジだ」

おれと愛美の手を握り、

「別嬪《べっぴん》さんだな」

と言った。世慣れてやがるな。

「ありがとう」

愛美がこう返したのには驚いた。

「ミスタ・アーバックルは体調を崩してません？」

アーミティッジは、へえという表情になった。

「一昨日から調子が悪いと言ってね、食堂にいるが、ずっと腹を押さえてる。大変なものを発見した名誉を消化しかねてるんだな」

「洞窟の中で見つけたのかしら？」

「そうだ。全貌はまだ不明だが、どえらい発見なのは確かだね」

「彼がひとりで？」

「発見時、ほかの連中はひと休みしてたそうだ」

愛美がチラとおれを見た。

おれもうなずいた。

広い通路を渡って食堂へ入った。

四人の隊員が、テーブルを囲んでポーカーにふけっていた。

彼らと食堂内を見廻し、

「アーバックルは何処だ？」

とアーミティッジが訊いた。司令官はリーデンブラックだが、実働部隊長は彼らしい。

ポーカー組のひとりがカードを置いて、

「腹を押さえてたからトイレだろう」

心臓が少し早めに打った。

こんなときトイレへ行くと、ロクなことがない。

激しい破壊音が通路の方からやって来た。

「何事だ？」

リーデンブラックとアーミティッジが顔を見合わせたとき、おれと愛美はもう走り出していた。

安全服は完全にコンピュータ制御のロボット仕様だから、足は疲れず、猛スピードが出る。しかも、フィードバック機構採用だから、床に重さはほとんどかからない。

トイレはすぐにわかった。風と雪が吹きつけて来た。外に面した壁に大穴が開いている。

昔、親父からこんな話を聞いたことがある。第二次大戦中、ある部隊の若い兵隊が、上級兵の虐めに遇って自殺した。ところが、その部隊が転戦し、別の部隊と合流したとき、自殺した兵隊が、そちらの部隊にいると知らされる。元の部隊の隊長が会わせてくれというと、兵隊に呼びに行かせる。その兵隊はすぐ戻って来て、指示された男は厠《かわや》（トイレ）に行ってから出頭すると言って、出て行ったと告げる。入ったのを目撃した兵隊はいた。しかし、それきり彼は戻って来なかった。新しい部隊では、みなと食事も摂り、風呂にも入り、訓練も普通にこなして、全くおかしなところはなかったという。

他にも、バレそうになった幽霊とかが、すぐその場で消えず、トイレへ行ってからいなくなる例はかなり多い。理由は色々考えられるが、今は話してる場合じゃねえ。

少なくとも、アーバックルが幽的関係じゃないのは確かだった。

おれと愛美は、驚きの声を上げている隊員を尻目に外へとび出した。内蔵されてるヘルメットが自動的にせり上がって来る。

雪の上に足跡が残っている。

ふり向いて、その先を指さし、

「洞窟か？」

と訊いた。

イエス、イエスと口々に戻って来た。

おれたちは全力疾走に移った。

さすがのフィードバック機構も、雪の上じゃめりこんでしまうが、それでも並みの人間の十倍は速い。

十秒ほどで、前方を行く黒い影が見えた。

「やっぱりな」

そいつは外套を着ていたが、人の形をしていなかった。四つん這いで雪を蹴りながら、猛スピードで前進していく。

背後で愛美の動く気配があった。

ヘルメットを通しても感じられる波が、おれをよろめかせた。

アーバックルが上体を起こした。のけぞったのだ。もう一発。

「よせ！」

おれは愛美の腕を押さえた。

「大丈夫——かなりタフな奴よ。アーバックルはもういないわ」

「乗っ取られたか？」

「そうね」

この娘が言うんだから間違いない。この先の洞窟には何かいる。それを発見したときに、アーバックルは取り憑かれちまったのだ。

凄まじいブリザードの一撃が視界を奪い、終わるとアーバックルの姿はなかった。代わりに、高さ十メートル、幅七メートルもの大洞窟が黒々と屹立していた。

「彼らはこの内部のものを調査しに来たのね」

「そうだ。再調査になるがな」

ジェット機の中で、愛美には大体のところを話してあるが、ミスカトニック大学の調査隊が最初に南極を目指してボストン港を出たのは、一九三〇年九月二日のことだ。順調な航海の果てに、十一月九日、ロス島に上陸。船から下ろした物資の貯蔵庫を作り上げた。永久的なベース・キャンプは、そこから南へ六、七百マイルのバードモア氷棚の奥の台地に建設する予定だった。

一月二十二日、野心家のレイク某が隊員ともども、飛行機を使って北西部探検に出発。午後十時五分に、ヒマラヤに匹敵する巨大な山脈を発見したとの一報をもたらした。その最高峰は三万五千フィートに達し、エベレストをも軽く凌駕する。彼はその峰の頂きに近い台地にキャンプを設営し、ドリルによる掘削作業を行った結果、驚くべき大洞窟を発見したのである。それは、従来の古生物学のすべてを証明し、同時に覆す発見だった。彼らはその洞窟の中で、人類以前の太古に存在した異形のものと遭遇し、ある未知の力によって実に巧みに――解剖の大ベテランですらそうはいくまいと思われるほど鮮やかに――肉と内臓を取り除かれた白骨と化してしまったのだ。生き残りの人々は何とか生還したが、レイク隊の救出に向かったメンバーはすべて発狂し、奇怪な洞窟の内部で何を発見したのかは、今なお氷河とブリザードの彼方に閉ざされたままである。

これを解き明かすべく、二十年後の一九五〇年九月、ミスカトニック大学は第二次探検隊を向かわせたが、結果は無惨であった。同じコースを辿り、十二月三十一日の大晦日に問題の大山脈へと飛行を試みた隊員たちは、ある連絡を本国のアーカム無線局に送ったきり、誰も帰らなかったのだ。

そう。

「空を見ろ！《キープ・ウオッチング・ザ・スカイズ》」

ミスカトニック大学では、当時、南極に滞在していたアメリカ越冬隊にＳＯＳを打ち、事態の確認を依頼した。

アメリカ隊の偵察機が見たものは、何ひとつなかった。

偵察機は、ミスカトニック大学が告げる地点に、キャンプ地どころか、謎の大山脈すら発見できなかったのである。

第二次ミスカトニック大学探検隊は、機材も人間も最初から存在しなかったかのように、この星の上から消滅していたのである。

そして、今回だ。

六X年以上昔に、アメリカ隊が発見できなかった幻の大山脈は、おれの眼の前にそびえている。

その山脈に開いた洞窟の中に、おれたちは突入した。

ブリザードもここまでは追って来ない。

しかし、一歩足を踏み入れた途端、おれの全身は震えた。

「危険ね、ここ」

と愛美さえ口にした。同じ目に遇ったのだ。

内部には闇が詰まっていたが、安全服の３Ｄレーダー・サイトにははっきりと這いずるアーバックルの姿が映っていた。

五十メートル。すぐだ。

だが、不意に消えた。

「落ちた。足下に気をつけろ」

「了解」

横穴の次は竪穴か。

今、おれの足下には、直径五メートルもある黒い洞《うつろ》が口を開けていた。

「下りるぞ」

「勿論よ」

おれたちは虚空へ身を躍らせた。

第七章　甦る過去の牙

1

安全服は対熱対寒対衝撃——対ガス対放射能とかなりお得な機能がてんこ盛りだ。チューブで流動食や栄養剤を摂ることも出来る。勿論、パワーは五百馬力を太陽光熱炉が絞り出す。

上からロープが垂れているのは、調査隊員が使っているのだろう。

深さは約三十メートル。平らな台地で、前方にもうひとつ穴が開いている。

地面の足跡は、アーバックルと隊員のものだ。

穴の縁には太い杭が射ちこまれ、ロープが巻きつけてあった。反対側は穴の中だ。彼らはそれを伝わって出入りしていたのだ。

「この下だぞ」

おれは直径十メートルほどの暗黒を覗きこんだ。この下が現場だという思いがあった。

「それでは」

と言うなり、愛美は身を躍らせた。おれより思い切りがいい。

後を追って降下すると、今度は長かった。五十メートル超で地面にトンだ。

そこも大空洞だった。

そして、地面斜めに銀色の円盤《UFO》がめりこんでいた。

絵に描いたようなというが、正に大きな円盤の両面に球体をひとつずつくっつけたような形は、確かに絵にはし易いだろう。

円盤の直径はざっと三百メートル、球体は直径約二五十メートル。かなり巨大だ。破壊痕は見当たらない。恐らく航法装置の問題で不時着を余儀なくされたのだ。

調査隊がどうやって見つけたかは知らないが、あちこちに転がってる石や土の山からして、地震でもあったらしい。空洞くらいは調査隊でも見つけられる。後は内部を調べる度胸と義務感次第だ。

おれは地面から突き出ている円盤――否、ＵＦＯだ――に近づき、出入口《ハッチ》を捜した。

すぐに見つかった。

しかし。

おれはこのＵＦＯを操縦できない。当然だ。内部《なか》にも入れないのだから。

入口は底部に開いていた。直径五センチほどの穴が。

アーバックルは這って逃げた。もはや人間の姿はしていなかった。恐らく本体は液状の不定形生命体なのだ。地震でUFOが解放されたとき、内部に眠っていたエイリアンも自由になった。そして、発見者のアーバックルに取り憑き、吸収して彼に化けた。そのとき、記憶まで頂戴したのだろう。かくて、エイリアンは完全に人間に成りおおせ——

「八頭」

愛美の声だ。

十メートルばかり離れたところで、右手を前方に向けている。

安全服の3Dレーダーは、その奥に立つ太めの男を捉えていた。アーバックルだ。

シャツとジーンズ姿の肥満体は、しかし、ひどく歪んで見えた。

「殺すな」

おれは鋭く叫んだ。

「そうとも、やめてくれ」

アーバックルは両手を上げて言った。

「おれは何もしていない。おまえたちはおれの正体を知っているようだから打ち明けるが、この星や生物をどうこうする気はないのだ」

「アーバックルはどうしたの？」

愛美の声は殺気満々だった。

「死んじゃいない。この星の生命体風に言えばな」

「何処にいるの？」

「おれの内部《なか》だ。細胞のひとつになって生きているよ。まだ意識もあるはずだ」

「解放できる？」

「残念だが無理だ。というより、やったことがない」

「試してみて」

「危険が伴うのでな」

「彼も私と戦いたがっているはずよ。出せるわ。出てらっしゃい」

「おいおい」

アーバックルが下げていた両手を拒否するように持ち上げた。

おれは腕時計のモードをレーザーに合わせた。

「——ところで、人間に化けて、これからどうするつもりなの？」

「船を直す」

「それだけ？」

「勿論だ」

「アーバックル」

おれは大声で呼びかけた。

「そいつの内部《なか》にいるんなら、気張ってくれ。そいつの言うことが本当なら、それでいい。だが、嘘っぱちなら、そいつがこの星や人間たちに対して、ロクでもないことを考えているんなら、何とかやめさせろ。あんたは、〈守り人〉に選ばれた人間だ。それだけの力があるはずだ」

「まだ消えちゃ駄目よ」

と愛美が口を添えた。

「消えるなら、あたしとの決着をつけてから」

「余計なことをするな」

とアーバックルが言った。眼がすわってやがる。どころか、全身ばかりか顔まで歪みはじめやがった。

火にかけたバターみたいにねっとりと肌が溶け、流れて眼をつぶし、おや、その眼が二つとも眼窩から流れ出し、鼻もつぶれ、唇もとろけて——

「この船はもう直らん」

と、突っ立った粘塊は言った。声はアーバックルだが、身体は服ごと肌色の塊だ。

「おれはこの星に残り、この星の王になる」

正直な野郎だ。

「おまえたちも取りこんでやろう。おれの一部になれ」

アーバックルが膨れ上がった。縦横十メートルの壁になって、愛美に襲いかかった。

見えない波が迎え討った。壁の上段に穴が開き、向うの闇が見えた。

アーバックルはよろめき、たちまち肌色の粘流となって地上に広がった。

「油断するな！」

と叫んだが、それはおれのことだったのかも知れない。溶けたアーバックルは凄まじい速度でおれの方へ押し寄せると、レーザーを放つ暇もなく、全身を呑みこんだのだ。

ヘルメットの前に、はっきりとアーバックルの薄笑いを浮かべた顔が貼りついた。「DAN-GER」——「危険」の文字が赤く点滅した。安全服が溶かされつつあるのか、煙が上がった。

危《やば》い。

だが、突然、悪相は遠のいた。

再び人の形を取って身もだえしはじめる。

「？」

おれと愛美から等距離の地点で、粘流の塊は、苦悶するアーバックルの顔を作った。そこへもうひとつの同じ——いや、凛としたアーバックルが重なった。

やった。吸収されていた本物が、おれたちのエールに応えたのだ。

二つの顔は重なり——無となって、全身はまた崩壊した。

おれたちは見ていることしか出来なかった。粘塊が、むくりと起き上がるまで。

それはたちまち人の形を整え、衣服をまとったアーバックルと化した。

ノッペラボーなのが気に入らなかったが、すぐに眼鼻がついた。

「〈襲撃者〉か」

ついに来たか。愛美はうなずいた。

「やっと会えたわね。六人目の〈守り人〉――縁も怨みもないけれど、消えてもらいます」

「よせ」

おれは二人の間に割って入った。

「この娘の言ってるのは冗談だ。話し合おう」

「無駄だ」

声を合わせやがった。気の合うこと。

「こいつは一応、高校の同級生でな。殺しをさせるわけにはいかないんだ。何とか、平和裡に解決したい」

国連の常任理事会で演説してるような気分だった。

「な、な、よせ」

二人の反応がどうだったかはわからない。突然、安全服の内部は煙で満たされたのだ。

反射的にスーツを縦へ割って、おれは煙を引きつつ後方へ跳躍した。

着地した途端に、大地が揺れた。

また、地震か。それももの凄いやつだ。

天井が崩れ、壁がのびちぢみして、こちらに倒れて来る。

「脱出だ！」

と愛美に叫んだ。

「服が破れた。連れてけ」

返事は足下へ投じられた安全服だった。

愛美の分だ。

「それを着て行きなさい！　私は決着をつけます」

「駄目だ。来い」

もう返事はなかった。

眼前に壁が倒れて来た。

安全服を着るや、おれは愛美の方へ走り出した。

倒れて来た岩塊は一万トン超はあったろう。

天地が揺れた。

もう仕様がない。

「無事でいろ」

叫んで、おれは通路の方へ走り出した。

何もかも崩壊する洞窟から脱出したのは、一分と少し後だった。

入口に隊員たちが集まって、おれを迎えた。

「山が崩れる！」

「逃げろ！」

後は地響きと崩れ落ちる岩の山であった。

荒れ狂うブリザードの中を基地へ戻り、おれは娯楽室で隊員たちに囲まれた。

アーバックルと愛美は落盤に巻きこまれたことにしたが、彼らの興味はＵＦＯだった。

「おまえたちが何かしたんじゃないのか？」

「あれは世界ではじめての外宇宙生命体の来訪の証拠だ。台無しにしやがって」

隊員たちの語気は荒くなり、ついにひとりがおれの胸ぐらを掴んだ。

阿呆か、こいつら。ＵＦＯの喪失をいちばん残念に思っているのは、おれなんだぞ。

愛美とアーバックルがどうなったかも気になる。少し切れた。おれはそいつの逆を取って投げとばした。

急所は外したから、そいつは頭をふりふり立ち上がって来た。足がもつれた。そばにでかい石油ストーブがあった。

そいつはその表面に手をつき、ぎゃっと叫んで離れた。

手には火傷の痕がくっきりと——残りはしなかった。

みるみるとろけた肉と骨が床へとしたたり、数条の鞭と化した。

そうか、他の連中も、すでに憑かれていたのだ！

「バーベリック⁉」

愕然となる同僚三人の胸を鞭の先端が貫いた。

「化物⁉」

「殺せ！」

と叫んだのは、リーデンブラックだった。さすがに娯楽室へ武器を持って入る奴はいない。あたふたしているうちに、おれは腕時計からレーザーを放った。

とりあえず頭を狙ったが、効果はあった。そいつは粘塊となって床へ広がり、動かなくなった。

「手当てしろ！」

おれは三人を指さした。

そして——動けなくなった。

誰ひとり倒れてはいなかった。胸を貫いた鞭——触手は溶け落ちていたが、彼らは直立しておれを見つめていた。

こいつらもか⁉

おれはリーデンブラック隊長の方を向いて、眼を見張った。

隊長の顔形はかろうじて残っていたが、顔も胴も四肢もぶよぶよとゆるみ、眼球も歯もチョコレートみたいに流れ出している。

いや、隊員全部がだ。

こうなったら仕様がない。

奴らはみるみるうちに合体し、壁となった。いや、波だ。

頭上まで膨れ上がり――一気にのしかかって来た！

奴らがこうなるまでに、おれは安全服を装着していた。

ドアへと走った。

背後が粘塊で埋まる。

それが追いかけて来る音と気配を感じながら、おれは廊下を走った。

目的地のドアが見えた。人影がとび出して来た。

愛美だ。生きていたのか⁉

おれの方を向いて、

「ガソリンとテルミットに火を点けたわ。三十秒で爆発よ」

おれは余計なことも訊かず、愛美の行為も云々しなかった。おれがやれたはずのことだった。

出入口へ行ってる暇はない。

廊下の窓だ。

おれは愛美を横抱きにして跳躍した。

ガラスの破片ともども雪の上に落ちる前に、あいつも壁をぶち破った。

「あわわ」

二十メートルも離れたとき、爆発音が追って来た。

ふり向いた眼の中で、あと十メートルまで迫っていたあいつが炎に呑みこまれた。

おれは走り続け、安全な距離を確信したところでふり向いた。

宿舎は炎に包まれていた。ブリザードは熄んでいた。ひょっとしたら、神様てのはいるのかと思った。エイリアンを呑みこんだ炎は、風と雪に消されることもなく猛威を奮っている。

「大丈夫か？」

おれの問いに、愛美はうなずいた。

「心配しないで。かなり保つわ」

「どうやって、地の底から？」

「あなたの後ろにぴったりついてたわよ。気がつかなかった？」

逃げるのに精一杯で、という理由は通用しない。おれの無意識は背後の気配もがっちり把握していたのだ。やっぱり、古代の力か。

愛美の眼が光った。全身から緊張の波が伝わって来る。

何を見たのか、おれにもわかっていた。炎の中から塊がひとつ——ずると前進したのだ。

「ほお、しぶといな」

おれはレーザーを向けたが、炎の塊は三、四メートルで動かなくなった。

「アーバックルはどうした？」

訊いてみた。

「あの岩の下敷きになった。私が手を下さずに済んだわ」

少しほっとした。

「やれやれだ。これで七人だぜ」

「六人よ」

そうか、あの女がいたな。

おれは安全服を割って、愛美に差し出した。

「大丈夫よ」

「それでも、南極だ。おまえだけ素肌でおれが防寒中ってわけにもいかねえ。使え。ジェット機までは液体装甲で何とかなる」

愛美はおれを見つめてから受け取った。

「男前だこと」

「まあな」

安全服はなくても、ジルガには雪の上を疾走する技がある。

ジェット機のタラップを上がるとき、おれは白い世界をふり返った。またブリザードが荒れ狂いはじめていたが、炎はまだ燃え続けていた。

それは、遙か昔にこの星へやって来た別の異星人の死の墓標だった。

溜息をついて、おれは機内へ入った。

2

最終目的地に到着したのは、三日後だった。マクマード基地で給油と二日間の休憩を取ってから向かったのは、北アフリカ――サハラ砂漠のど真ん中だった。

サハラ砂漠――南側では今なお年に一五千平方キロメートルずつ砂漠化が進んでいるという、氷雪気候の南極を除くと、世界最大の砂漠で、千万平方キロメートルの面積はアメリカ合衆国に匹敵する。

こう言うと、茫々と広がる砂また砂を連想するだろうが、我々が砂漠と認識しているかような砂砂漠は、岩石砂漠と山岳部ともども全体の三十パーセントにすぎず、後は礫砂漠だ。

愛美が指摘したのは、この礫砂漠の西の端であり、国でいうとモーリタニアに近い。

あちこちに低い岩山が見える他は砂だ。

ただし夜なので、昼よりは遙かに涼しいし、夜空は満天の星だ。

この砂漠で生命を落とした旅人たちは、死ぬ間際に、どんな思いで星々を見上げたのだろうか。

「あの女はここか？」

「わからない。南極での地震で、勘に狂いが生じたらしいわ」

「ひょっとして、あれも、こいつが引き起こしたのか？」

「そ」

「わお。しかし、この地点はわかったのか」

「向うが強烈すぎるのよ」

成程な。

「そのＵＦＯは、この砂漠の地下に眠ってる。何十キロの深さでも、捜し出してコレクションに加えてみせるぜ」

「コレクションだけ？」

「拝観料も取る」

「そんな話、聞いたことないわ」

「世界各国の金持ちや政府関係者、宗教団体——物好きと国防と降臨だ。何万人いると思う？しかも、その息子や次の役付き、後継者と切れ目がなく見に来たがる。そういうもんだろ」

「そういえば」

愛美の口もとがかすかにほころびたようだ。

「そういう連中は、ひとり一万ドル出しても見たがる。団体割引もあるしな」

「連日大盛況ね」

「丸ごと見せる必要はない。絶対にこの世界のものじゃないと、高名な科学者連中に保証させとけば、金属や皮膚の一部を見せ、後は写真でＯＫさ。人間なんてそんなものだ。どうしたって奴らには、一部のまた一部を分けてやりゃ、自分で調べて納得する。勿論、ひとかけら百万単位で、保証金はその百倍だ。必ず返って来るぜ」

「あくどい商売してるわねえ」

「ははは」

「でも、南極の地震ばかりじゃないわよ」

おれはやや昏い気分になった。

あの地震は大災害を誘発していたのだ。海底火山は爆発し、それによって生じた津波は世界中の海岸線を襲って、三百万を超す死者が出たと、おれはマクマードで休憩中に知った。被災者の数はまだ増えるだろう。

それもこれも、この砂漠の下に埋もれたＵＦＯ一隻が原因なのだ。

そして、敵はまだひとり残っている。早いとこ始末して、ＵＦＯを眠らせなくちゃな。

「あんたが〈守り人〉を片づけりゃ、ＵＦＯの暴発は止まる。逆を言うと、向うもあんたを片づけないと中途半端な大災害が生じるばかりだ。怨みのＵＦＯとしては、この星ごと一発で吹っとばしたいところだろう。ただし、それには時間がかかる。その間に人間がＵＦＯを見つけて潰しちまう可能性もある。あの女は必ずやって来るぞ——そうだろ?」

おれは愛美の肩越しに、闇の奥を見つめた。

そこだけ盛り上がった石の山の陰から、ふらりと現われたのは、金髪のラテン系——シャツの胸をどんと突き出させたグラマー、クラウディアだった。

身構える愛美に、

「よせ」

と声をかけた。クラウディアから殺気が感じられなかったからだ。グラマーは足を止め、おれたちをねめつけてから、

「とうとうここまで来たのね。仕方がないわ」

「どうするつもりだ?」

と訊いてみた。

「一緒にいらっしゃい。あたしはあなた方を抹殺するのが任務よ。それは動かせないけれど、この世界が破壊されると困ることがあるの」

「ほお」

「これでも家族がいるのよ。亭主と子供が二人。それで、彼らが天寿を全うするまで、破壊を待ってくれないかと、交渉してみたくなったのよ」

「そんな手間をかける必要はないわ」

おれが聞いた中で、最も冷たい愛美の口調だった。

「あなたが死ねば、ＵＦＯは私が始末してあげる。さっさと消えなさい」

右手が上がる。その手首を取って、おれは愛美自身へ向けた。

自分で放った怪波を受けて、倒れこむ愛美を肩に担いで、

「案内できるか？」

とおれはグラマーを見つめた。

「大丈夫。あなたなら何とかしてくれるような気がしていたわ。スーパー・ボーイ」

クラウディアはおれのそばまで来ると、両手を首に巻きつけた。

「おい」

「いいから。会ったときから、してみたかったのよ」

唇が重なった。

ねっとりと舌を絡み合わせるディープ・キスだった。

十分おれに堪能させて、クラウディアは唇を離した。

「こっちよ」

先に立つと岩山の角を曲がった。

すぐ眼の前の岩を右手で押した。

何処かで、嚙み合わせが外れるような音がして、縦横三メートルほどの岩は内側へ倒れはじめた。

ひと眼でエレベーターとわかった。

クラウディアの後について、おれは愛美を肩に乗りこんだ。残して来ようかと思ったが、怒りにまかせておかしなことをしでかされたら困る。こいつも太古の力を備えた女なのだ。

「下へ」

クラウディアが告げると、床と化した扉が降下しはじめた。

「上は開けっ放しだぞ」

「誰も下りて来られないわよ」

「どのくらい下りるんだ?」

「十億年分くらいよ」

納得。

三十秒ほどで着いた。衝撃はゼロだ。上の出入口と同じ場所に同じサイズの空間《スペース》が開いていた。

一歩出た瞬間、凄まじい気が吹きつけて来た。一発でわかった。怨念だ。

戦いに負けたら、運がなかったと諦めるしかない。この気の主は、それが出来ないのだ。そうやって、十億年のあいだ、この星の生命を怨み呪って地の底で耐えて来たのだった。

あまり近づく必要はなかった。

そいつは眼の前に横たわっていた。

いや、眼には見えなかった。ただ、怨念によってそこにいるとわかるのだ。

「これは精神推進のＵＦＯか？　機体も思念で出来ているらしいな」

「よくおわかりね」

「交渉は可能なのか？」

「いいえ、駄目よ」

クラウディアの口調が突然変わった。

「騙してごめん。あたし、独り者なんだ」

この女、と思ったが、あまり気にならなかった。見えないＵＦＯから流れ出した思念が、おれから精神的な抵抗力を奪っていたのだ。

「その女――どんな手を使っても始末しなくてはならないのよ。借りてくわね」

愛美が連れていかれている間、おれはジルガの精神統一技からチャクラの回転と解放に挑んでいた。

チャクラってのは、ヨガでいう宇宙エネルギーの吸収口のことで、修業を積むに従って、下位から上位のチャクラの稼働が可能となる。最高位のそれは、仏様の後頭部にかがやく後光――あれだ。その前が眉間のチャクラで、おれは目下それを狙っているが、修業はともかく、人間性に根本的な問題があるらしく、咽喉部止まりだ。だが、太古のエイリアンの途方もない怨みに対抗するには、上の二つしかない。

精神統一を徹底し、足裏から吸収した宇宙エネルギーを下位のチャクラを通して回転し、最低、眉間まで到達させなくては。

そのとき、怨念だけの単色な世界に変化が生じた。

おれの感じるUFOの位置で、何やら形らしきものが浮かびはじめたのだ。

でかい。

直径百メートルはある球体だ。十文字に巻きついている帯は大気内での姿勢制御装置《スタビライザー》だろう。

愛美を内部へ入れては危《やば》い。本能がそう叫んだ。

おれはそれも無視した。精神統一とはそういうものだ。邪念は切り捨て、思念を高みへと。

出入口《ハッチ》が開いた。

クラウディアはそこまで五、六メートル。

突然、おれの焦りは消滅した。

腰のあたりまで達していたエネルギーが、心臓部のチャクラへ滑らかに上昇し、そこから流れこむ新しいエネルギーと合体して、咽喉部のチャクラへ——そして、愛美を担いだクラウディアがハッチへ身を入れたとき、おれは地を蹴った。
十五、六メートルを一気に跳んでグラマーの背後へ着地するや、愛美を奪い取った。

3

クラウディアはふり返らなかった。

あの妖波が襲いかかって来た。

体内へ侵入するそれを、回転するチャクラが吸収し、浄化してしまう。

「ソリー」

と詫びつつ、おれはクラウディアの顎へ右の廻し蹴りを入れて失神させ、二人まとめて担ぎ上げるや、エレベーターの内部へ放りこんで、「上へ」と念じた。

何であたしの力が、とクラウディアが眼を剝いていた。

上昇するエレベーターを見送ってから、おれは安全服のポケットから、ちっとも安全じゃない代物――小型テルミット弾を取り出した。

サイズは単三乾電池だが、威力は虎だ。直径十メートルに渡って一万度の炎を生じさせる。

まとめて三個を手に、おれはＵＦＯのハッチから内部へと駆けこんだ。

何とも奇妙な空間だった。色彩も音も口の中に感じられるのだ。

――ここへ入って来られる人間がいるとは思わなかったぞ
ちゃんと脳の中に響いたのは、声ではなく思考だったからだろう。

「話し合おう」

とおれも思考を送った。

「何をだ?」

「あんたと乗り物の安全は保証する。おれに任せてくれ。もうじき――」

「おれはこの星の生きものに殺された――怒りは燃え狂っている」

「そうかも知れんが、では成仏させてやる。安心して逝ってくれ」

「この機体をどうするつもりだ?」

「それは――」

「他の人間に見せて金をとる。商売人だな」

くそ、読まれたか。

「そんなことをしてどうなるかは知らんが、許可は出来ん。私は眠りから醒めた。醒めた以上、復讐を実行する」

「そこは、ほら、世の中の常識ってもんが」

我ながら、阿呆だと思った。

「君は色々と役に立ちそうだ。だが、〈襲撃者〉は死なねばならん」

背後に気配が生じた。

クラウディアと愛美が立っていた。愛美が正気なのはいいとして、どうやって移動させやがった。テレポートOKか。

「ここは平和裡にいこうや」

おれは静かに話しかけた。

「正々堂々と戦った以上、敗北させた相手を怨むのは筋違いだ。怨みはわかるが、何とか成仏——ってわかるか？　そうして欲しいんだ。方法はおれの方で考える。なあ、十億年も前の話だ。すべては水に流そうじゃないか」

「そして、君だけが私腹を肥やすか」

思考は嘲笑した。えらい表現を知ってやがる。

「そう痛いところを衝くなよ。いつまでもネチネチと人を怨んでも仕様がないだろうが。後のことは任せとけ」

おれは胸を張った。信頼を穫《か》ち取ればこちらのものだ。

「後、後と言うな。このペテン師め。おまえには、この星と生きものを片づけてから何か役に立ってもらうとしよう」

——ふざけるな、この阿呆

おれは胸の中で静かに罵った。

たかが、外宇宙から来たエイリアンの幽的ぐらいで、調子コキやがって。しかも負け戦の死に損ないが、いつまでも人間を怨んでこんな地の底でウジウジしてやがる。成仏なんかさせてやらねえ。地獄へでも何処へでも行きさらせ。

背後で愛美の呻きが聞こえた。それに重なってクラウディアの笑い声も。

「勝負だ」

おれは叫んだ。

幽的は驚いた。奴は、おれがこの機体の中へ入ってから、自分の思念で、がんじがらめにしたつもりなのだ。

おれは右手だけ後方へふって、麻痺波をクラウディアへ送った。倒れる気配があった。

「逃げろ！」

と叫んだとき、エイリアンの思念が襲いかかって来た。

うお。十億年分の怨念てのは、凄まじいもんだ。ひとつの都市の住人が、恐怖のあまり自殺しちまうに違いない。

しかし、おれはひるまなかった。眉間のチャクラ——人間が磨き上げた聖なる機能は平然とどす黒い怨念を吸収し、浄化し、無に還していった。

死闘の時間が過ぎた。

「貴様……何者だ？」

ついにエイリアンが呻いた。声は出し殻のお茶だった。

「人間さ」

「まさか……ここまで……進化していた……とは」

「進化なんかしてねえよ」

おれは肩をすくめた。

「みんな持ってる資質さ。ただ、気がつかねえだけでな。多分、あんたにだってある——と思うけどな」

「うるさい……何もかも……この機体もろとも……消してやる」

こりゃ、あかん。

おれは眉間のチャクラに意識を集中した。船中に漲る怨念を吸収し浄化する——すぐギブアップしたくなった。

何だ、この船は？　精神推進機構はいいが、その燃料は憎しみとしか言いようがない。

地球まで来る間、こいつは、見たこともない人間への憎悪と破壊欲で自分を保たせていたのだ。本性《もと》が腐っているのか、育ちが悪いのか。

不意に、ぐらりと来た。憎悪が、ちょっとした失望の隙を衝いて来やがったのだ。

危《やば》い。

意識が暗黒に吸いこまれた。

その奥に、見覚えのある顔が浮き上がった。

げ。「順子」じゃねえか。

はっはっは、と外谷そっくりのロボット家政婦は、太った指でおれをさして笑った。

「おまえには信念が多すぎる。宝と女と名声を得る——ひとつに絞るか、まとめるのだ。欲の皮がつっぱった愚者《ぐしゃ》め」

ふざけるな、ロボットの分際で。

怒髪天を衝いた。

お？　戻った。

おまえの言うとおりだ、「順子」。信念は絞ろう。

おれはそれを悪意と怨念の中で絞り——

眉間のチャクラから放出した。

十億年前に死んだエイリアンの悪霊が悲鳴を上げた。

同時に船が歪み出す。

おれはハッチへと走った。

愛美とクラウディアを——

グラマーはいなかった。愛美のそばに灰のようなものが広がっていた。これがあの美女の正体だったのだ。

「あばよ」

おれは愛美を担いでUFOをとび出し、エレベーターへと走った。

上昇に移るとき、歪み、透きとおり、消えてゆくUFOが見えた。

背中の愛美が、

「終わったのね？」

「ああ。そうらしい。話のわからねえエイリアンだった」

エレベーターが揺れた。スピードが落ちた。

「止まりかけてるわ」

「何とかなるさ」

「楽天家なのね」

返事をしようと思ったとき、エレベーターは止まった。

眼の前に出入口が開いていた。

「ありゃ？」

おれは眼を剥いた。

途方もなく巨大な漏斗《ろうと》が口を開いていた。

直径何キロかわからない。だが、そのすぼまりめがけて砂という砂が吸いこまれていくのだ。

あの地下の空間へ。

乗って来たジェット機はもうなかった。空中停止になる前に沈んじまったらしい。

「まだカードはあるの？」

愛美が何故か愉しげに訊いた。

「岩山へ昇るぞ」

しかし、十メートルも行かないうちに、山は傾き、砂の奈落へと移動していった。

「おしまいかな？」

「うるせえ」

おれは空を見上げた。

「最後のカードだ」

それは、蒼穹の彼方からやって来る数十機の機影だった。

「あれは？」

「カイロに、おれが経営してる宝捜しツアーの会社があってな。地下のＵＦＯを空輸するために、エレベーターで下りたとき、呼んでおいたのさ」

「やるわねえ」

呆れ果てたような愛美の声に。おれは微笑を浮かべた。

「何とか帰れそうだな」

「そうね。このお嬢さんと行きなさい」

「？」

「私の役目は終わったわ。あのグラマーと同じ。一緒に死ねると思ったのにな——残念でした」

　愛美は後ろから顔を寄せて来た。

　おお、またディープ、と歓んだら、軽く唇を合わせて離れた。

「おい」

　ゆさぶったが、もう動かなかった。

　眼を醒ましたのは、宝捜しツアーの巨大輸送機の中だった。外には同じものが十機も飛んでいる。クフ王の大ピラミッドだって持ち運べるスケールだ。

「八頭君？」

　眼をぱちくりさせてから、機内を眺めて、

「ここは何処？」

　不安そうな表情が、歓迎すべき事態――記憶喪失を示していた。

「エジプトだ」

「うっそー」

「今日中に家へ送ってやる。何処から覚えてる？」

　愛美は首を傾げて考え、やがて、

「新宿のお店でバイトしてるとこ」

「それでいいんだ」

おれは頭を撫でた。

愛美は敢然と撥ねのけた。

「触らないで。あんたが学校の女の子に色々手えつけてんのは、みんな知ってるんだからあ」

「いや、その」

携帯が鳴った。

「サハラで何してんのよ？」

ゆきだった。

「お宝は見つかったの？　どうせ、手をのばせば届くところまで来て、バイバイでしょ。はっはっはあ。それじゃ」

何のつもりだ、あの金銭妄想娘。

とにかく、終わった。

その日のうちに日本まで飛び、女子高生に戻った愛美へトップスのチョコレート・ケーキと一千万円の小切手を持たせて帰宅させてから、おれもマンションへ帰った。

「よく来たな」

「順子」が不愛想な声で迎えた。

「ああ」

「食事か風呂か？」

「任せるよ」

「では、風呂にしてもらおう」

「あいよ」

「ムムム」

「どうした？」

「妙に素直だな、怪しい」

「放っとけ」

そして、この小憎らしい機械人形へ、おれは親愛の情をこめた笑顔を向けたのだった。

あとがき

昨年末から風邪を引き、この「あとがき」を書いている現在、まだしみじみしない。いっそ高熱が出りゃ、ガバガバ薬を服《の》んで、大いに汗を掻くと一発で治るのだが、体内に熱の塊がのったりと寝こんでいると、寝こんでいるのはこっちだと言いたくなって来る。風邪に言っても仕方がないか。

今回、大は金にあかせて世界中を駆け巡るが、中でひとつ、ロンドンの「切り裂きジャック」事件だけは史実に基づいているので、簡単に触れておこう。

これはヴィクトリア朝華やかなりし頃の、産業革命を成し遂げ、世界一裕福な国家と謳われた大英帝国の象徴――ロンドンに跳梁した連続殺人鬼「切り裂きジャック《JACK THE RIPPER》」の物語である。

犯人自ら（かどうかは不明だが）新聞社に投書して来たこの名前によって、五名の娼婦殺人事件は、迷宮入りという劇的な結末ともども、永久に犯罪史に残ったばかりか、今なおその正体に関して議論百出という稀なる出来事となった。

ついこの間、ヒイヒイ言いながらTVを見ていたら、ジャックの正体は食肉処理場の解体作業員であるという新説――名前まで出ていた――と、アメリカの連続殺人鬼として名高いH・H・ホームズこそ彼だという説の検証が行われており、付和雷同が趣味の私は、

「どっちも正しい」

ような気がして仕様がなかった。

ジャックが、娼婦たちを解体する手際の良さから、医者か肉屋という説は最も古くから唱えられていたが、解体作業員という説は、目撃者がいたという新発見から唱えられたものであり、H・H・ホームズ説は、彼がシカゴでの殺人の合間に海外旅行した時期が、ぴたりジャックの跳梁期に重なるというホームズの子孫の研究から来ている。ジャックの凶行が熄んだのは、そうです、ホームズがロンドンを離れたときからなのですよ、と。

この二説、どういうものか、日本で唯一の切り裂き魔研究家《リパロロジスト》＝仁賀克雄氏の意見を伺いたいところだが、先年呆気なく他界されたため、機会は永久に失われてしまった。その点でも残念だが、仁賀氏亡き後、この国にリパロロジストが出現することはまずあるまい。その面でも惜しまれる死であった。

今回、大はある手段によって、正しくジャックが活動していたその時期、その日に、殺人現場に登場する。それが解決だ、などと言えるはずもないが、読んでみると、なかなか筋が通っていて面白い。ひょっとすると、これが真相かも知れない。

冗談はさておき、今回も大は世界を駆け巡る。巡らないと世界は破滅してしまうのだからやむを得ない。作者はどんどんへばっていくのに、なぜおまえばかりが元気なのだ、と問い詰めてやりたいくらいである。この男は、永久に、エイリアンの宝を求めて世界を飛び廻ることだろう。

気分転換にTVをつけると、あっちのチャンネルで「二〇一八年　紅白オカルト合戦」、こっちのチャンネルで「実話怪談倶楽部」等をやっていて、どちらも面白かった。稲川淳二氏以来、日本では怪談師という名称が定着しているらしい。語り口に差はあるが、時間つぶしにはもってこいのエンターテインメントであった。私も出てみるか。

二〇一八年一月十二日
「キングコング／髑髏島の巨神」（二〇一七）を観ながら

菊地秀行

エイリアン超《ちょう》古代《こだい》の牙《きば》

朝日文庫
ソノラマセレクション

2018年2月28日　第1刷発行

著　者　菊《きく》地《ち》秀《ひで》行《ゆき》

発行者　友澤和子
発行所　朝日新聞出版
〒104-8011　東京都中央区築地5-3-2
電話　03-5541-8832（編集）
03-5540-7793（販売）
印刷製本　株式会社 光邦

Published in Japan by Asahi Shimbun Publications Inc.
定価はカバーに表示してあります

ISBN978-4-02-264874-7
落丁・乱丁の場合は弊社業務部（電話03-5540-7800）へご連絡ください。
送料弊社負担にてお取り替えいたします。